ESTO ES CORAJE

Armstrong Sperry

ESTO ES CORAJE

EDITORIAL NOGUER, S. A.
BARCELONA · MADRID

Título original
Call it courage

© 1940 by Macmillan Publishing Company,
a division of Macmillan Inc.
© Renewed copyright 1968 by Armstrong Sperry
Published by arrangement with
Macmillan Publishing Company, U.S.A.
© 1991 Noguer y Caralt editores, S.A.
Santa Amelia 22, Barcelona.

ISBN: 84-279-3228-6

Traducción: Amalia Bermejo
Ilustraciones: Armstrong Sperry

Segunda edición: febrero 1997

Impreso en España - Printed in Spain
Limpergraf, S.L., Ripollet
Depósito legal: B-688-1997

1. La huida

Sucedió hace muchos años, antes de que mercaderes y misioneros comenzasen a llegar a los Mares del Sur, y cuando los polinesios eran todavía grandes en número y en bravura. Pero incluso hoy las gentes de Hikueru narran esta historia en sus canciones y la cuentan al atardecer al amor del fuego. Es la historia de Mafatu, el Muchacho-Que-Tenía-Miedo.

Aquellos primeros polinesios veneraban el valor. El espíritu que les había impulsado a cruzar el Pacífico en sus canoas, antes de los albores de la historia escrita, sin saber adónde iban y sin preocuparse de cuál sería su destino, todavía cantaba en su sangre su canción de amor al peligro.

Un hombre que tuviera miedo, ¿qué lugar ocuparía entre ellos? Y Mafatu —hijo de Tavana Nui, el Gran Jefe de Hikueru— siempre había tenido miedo. Por eso la gente le obligó a irse. No por la fuerza, sino acuciado por el peso de la indiferencia.

Mafatu salió para enfrentarse solo a lo que más temía. Y las gentes de Hikueru narran todavía su historia en sus cantos y la cuentan al atardecer al amor del fuego.

Lo que Mafatu temía era el mar. Desde que había nacido, el mar le rodeaba. Su fragor llenaba sus oídos; su estallido sobre el arrecife, su murmullo a la puesta de sol, la amenaza y la furia de sus tormentas; en todas partes, dondequiera que fuese, estaba el mar.

No podía recordar cuando fue la primera vez que el temor se apoderó de él. Quizá durante el gran huracán que arrasó Hikueru cuando él tenía tres años. Incluso ahora, doce años más tarde, Mafatu recordaba aquella terrible mañana. Su madre le había llevado hasta los arrecifes para buscar erizos de mar en las lagunas entre las rocas. Había otras canoas dispersas aquí y allá a lo largo del arrecife. Al caer la tarde los otros pescadores empezaron a regresar. Advirtieron a gritos a la madre de Mafatu. Era la estación de los huracanes y la gente de Hikueru estaba nerviosa e intranquila, imbuidas, al parecer, por la conciencia casi animal de la proximidad de la tormenta.

Pero cuando la madre de Mafatu regresó por fin a la orilla, una rápida corriente rodeó el borde del acantilado: una confluencia de corrientes que empujaba como un caz hacia el mar abierto. En su rápida carrera se apoderó de la frágil embarcación. A pesar de la habilidad de la mujer, la canoa fue arrastrada en la cresta de la marea agitada a través del pasaje en el arrecife y arrojada al océano.

Mafatu nunca olvidaría el sonido del grito desesperado de su madre. No sabía entonces su significado; pero sentía que ocurría algo terrible y lanzó un gemido. La noche se cerraba sobre ellos, ligera como el ala de un pájaro, y oscurecía el mundo conocido. El viento del océano les envolvía vociferante. Las olas se elevaban y chocaban unas con otras, silbando y salpicando. Los mástiles del bote habían sido arrancados de sus bancadas. La mujer saltó hacia adelante para sujetar a su hijo cuando la canoa zozobró. El niño jadeó cuando el agua fría le golpeó. Se colgó del cuello de su madre. Moana, el Dios del Mar, estaba buscándole, intentando atraerle hasta su oscuro corazón...

Fuera de los límites de Hikueru, el islote deshabitado de Tekoto yacía envuelto en la oscuridad. Era poco más que un banco de coral casi inundado. La rápida corriente golpeaba directamente sobre el islote.

El amanecer encontró a la mujer agarrada todavía al palo del *purau* y al niño rodeando con sus brazos el cuello de su madre. La cruda luz descubrió a los tiburones dando vueltas y vueltas... El pequeño Mafatu hundió su cabeza en el frío cuello de su madre. Estaba aterrado. Olvidó incluso la sed que le quemaba la garganta. Pero las palmeras de Tekoto le atraían con sus promesas de vida y la mujer siguió luchando.

Cuando al fin fueron empujados al picacho de coral, la madre de Mafatu se arrastró a tierra con fuerzas apenas suficientes para poner a su hijo fuera del alcance de los hambrientos dedos del mar. El niño estaba demasiado débil para llorar. Muy cerca había un coco agrietado y la mujer consiguió apretar la fresca y sabrosa carne contra los labios del niño antes de morir.

Todavía a veces, en el silencio de la noche, cuando la luna está llena y su luz cruza en bandas plateadas la colchoneta de pandanus, y todo el pueblo está dormido, Mafatu despierta y se sienta en la cama. El mar susurra su eterna amenaza sobre los arrecifes. El mar... Y un terrible temblor se apodera de los miembros del muchacho, mientras en su frente brota un sudor frío, Mafatu cree ver de nuevo las caras de los pescadores que encontraron a la madre muerta y a su hijo llorando. Esas imágenes todavía turbaban sus sueños. Y así fue como él comenzó a sentir escalofríos cuando los poderosos mares, reunidos a lo lejos, se lanzaban sobre la barrera de arrecifes de Hikueru y toda la isla temblaba bajo el asalto.

Quizá ese fue el principio. Mafatu, el muchacho al que su orgulloso padre había bautizado Corazón Valiente, tenía miedo del mar. ¿Qué clase de pescador podría llegar a ser? ¿Cómo dirigiría a los hombres en las batallas contra los guerreros de otras islas? El padre de Mafatu oía los cuchicheos y el hombre se volvía silencioso y torvo.

Los viejos no eran severos con el muchacho, porque creían que todo era culpa del *tapapau*, el espíritu que se apodera de cada niño cuando nace. Pero las niñas se reían de él y los chicos no querían admitirle en sus juegos. Y la voz del arrecife parecía dirigirse sólo a sus oídos diciendo:

—¡Te escapaste una vez, Mafatu, pero algún día te cogeré!

La madrastra de Mafatu sentía poca simpatía por él y sus hermanas le trataban con manifiesto desprecio.

—Escuchad —se burlaban—, Moana, el Dios del Mar, vocifera en el arrecife. Está enfadado con nosotros porque Mafatu tiene miedo.

El muchacho no hacía caso de estas bromas, pero el silencio de su padre le avergonzaba. Intentaba con todas sus fuerzas vencer su terror al mar. Algunas veces se endurecía y salía a pescar con Tavana Nui y sus hermanastros más allá del arrecife. Una vez allí, donde las cristalinas ondas del océano levantaban y dejaban caer la pequeña canoa, en la mente del muchacho se agolpaban las imágenes, erizándole el cabello; imágenes de sí mismo, de niño, colgando de la espalda de su madre... los tiburones al acecho... Y el recuer-

do de aquella ocasión se apoderaba de tal modo de él, que dejaba caer su arpón por la borda o aflojaba el sedal antes de tiempo y perdía el pez.

Era obvio para todos que Mafatu no servía para nada en el mar. Nunca obtendría su propio lugar en la tribu. Corazón Valiente... ¡Qué amargo sabor dejaría el nombre en los labios de su padre!

Finalmente, no se le permitió seguir saliendo con los pescadores. Les traía mala suerte. Tenía que quedarse en casa haciendo redes y arpones, retorciendo fibra de coco para el fuerte sedal de tiburones, para que otros muchachos lo utilizaran. Llegó a ser muy hábil en esas tareas, pero las odiaba.

Un perro amarillo, inclasificable, llamado Uri, era el compañero inseparable de Mafatu; Uri, con su delgada piel que dejaba ver sus costillas y sus ojos perplejos y fieles. Seguía al muchacho a dondequiera que fuese. Sólo tenía otro amigo, Kivi, un albatros. El muchacho había encontrado una vez al pájaro en uno de sus solitarios paseos. Una de las patas de Kivi era más pequeña que la otra. Quizá por ser diferente de los de su clase, los pájaros más viejos estaban molestando y acosando al pajarito. El corazón del muchacho se enterneció a la vista del pequeño pájaro que intentaba huir de sus compañeros más poderosos. Le recogió y lo llevó a casa y pescó para él en las aguas poco profundas de la laguna. El pájaro seguía a Mafatu y a Uri, cojeando de acá par allá con su única pata sana. Por fin, cuando el joven albatros aprendió a volar, comenzó a buscar su propia comida. En el aire alcanzaba la perfección flotando serenamente bajo el cielo, mientras Mafatu seguía sus vuelos fáciles con ojos de envidia. ¡Si también él pudiera escapar hacia algún mundo alejado de Hikueru!

Ahora, una vez más, estaba empezando la estación de las tormentas. Los hombres escudriñaban los cielos ansiosamen-

te, observando las temidas señales que podían significar la destrucción de su mundo. Pronto los grandes bonitos estarían nadando más allá del arrecife —cientos, miles de ellos—, ya que cada año llegaban en esta época con la infalible regularidad de las mareas. Se los consideraba propiedad de los chicos más jóvenes, puesto que matándolos, un joven aprendía a matar a los peces espada y tiburones-tigre, pasando desde una escala a otra. Cada muchacho del pueblo afilaba su arpón, comprobaba el mango, afilaba su cuchillo. Cada muchacho, excepto Mafatu.

Kana se paró una tarde para mirar a Mafatu que trabajaba con sus redes. De todos los jóvenes de su edad, sólo Kana se mostraba amigable. Algunas veces incluso se quedaba atrás cuando los otros iban a pescar, para ayudar a Mafatu en su trabajo.

—Los bonitos han empezado a moverse, Mafatu —dijo Kana en voz baja.

—Sí —contestó el otro. Después se quedó en silencio. Sus dedos vacilaron al volar entre las fibras de sena de la red que estaba haciendo.

—Mi padre trajo hoy noticias del arrecife —siguió Kana. Ya hay muchos bonitos allá fuera. Mañana, nosotros iremos tras ellos. Es trabajo nuestro. Será divertido, ¿eh?

Los nudillos de Mafatu palidecieron. Sus oídos martilleaban con la veloz furia del mar...

—Será divertido, ¿no? —insistió Kana mirando fijamente a Mafatu. Pero el chico no respondió. Kana empezó a hablar; se paró, se volvió con impaciencia y se fue. Mafatu quiso gritar tras él: «¡Espera, Kana! ¡Iré! ¡Lo intentaré...!». Pero las palabras no salieron. Kana se había ido. Mañana, él y los otros chicos sacarían sus canoas fuera de los arrecifes. Regresarían al atardecer, cargados de bonitos, con caras satisfechas y llenando la oscuridad con sus gritos. Sus padres dirían: «¡Mira qué buen pescador es mi hijo! Será patrón uno de estos días». Sólo Tavani Nui quedaría en silencio. *Su* hijo no había ido.

Esa noche la luna nueva se levantó al borde del mar plateando la tierra con mágico brillo. Cuando paseaba por la playa con Uri, Mafatu oyó voces y risas y se refugió rápidamente a la sombra negra de un pandanus. Un grupo de muchachos empujaban sus canoas más arriba de las altas marcas del agua y hacían planes para el día siguiente. Sus voces eran chillonas e impacientes.

—Mañana al romper el día... —estaba diciendo uno.

—Estarán Timi y Taupu y Viri...

—¡*Aué*! —interrumpía otra voz—. Hay trabajo para todos nosotros. ¿Cómo si no seríamos pescadores y guerreros? ¿Cómo íbamos a alimentar a nuestras familias y a mantener viva la tribu?

—¡Es verdad! Hikueru es pobre. Sólo tiene los peces del mar. Un hombre tiene que ser valiente para conseguir alimentos. Iremos todos; cada uno de nosotros.

Mafatu, de pie y en tensión entre las sombras, oyó una risa despectiva. Su corazón se encogió.

—Todos no: Mafatu no irá —dijo Kana burlón.

—Ja. Tiene miedo.

—Pero él hace buenos arpones —concedió Viri generosamente.

—¡Bah! Eso es trabajo de mujer. Mafatu tiene miedo del mar.

—Nunca será un guerrero —Kana se rió de nuevo y el desprecio de su voz fue como un arpón clavado en el corazón de Mafatu.

—*Aiá* —dijo Kana—. Yo he intentado tratarle como a un amigo. Pero sólo es bueno para hacer arpones. Mafatu es un cobarde.

Los chicos desaparecieron en la playa iluminada por la luna. Sus risas resonaban aún en el aire de la noche. Mafatu se quedó en silencio. Kana había hablado; había dicho en voz alta lo que pensaba toda la tribu. Mafatu —Valiente Corazón— era un cobarde. Era el Muchacho-Que-Tenía-Miedo.

Sus manos estaban húmedas y frías. Clavaba las uñas en las palmas. De pronto, un cruel resentimiento se apoderó de él. En ese momento supo lo que tenía que hacer: tenía que demostrar su valor a sí mismo y a los demás, o no podría seguir viviendo entre ellos. Tenía que enfrentarse a Moana, el Dios del Mar; enfrentarse a él y vencerle. Tenía que hacerlo.

El muchacho permaneció tenso, como una flecha a la espera de ser lanzada. Hacia el sur, en alguna parte, había otras islas... Suspiró profundamente. Si pudiese encontrar el camino hasta una lejana isla, podría buscar un lugar para sí mismo entre extraños. ¡Y nunca volvería a Hikueru hasta haberse puesto a prueba a sí mismo! Volvería con la cabeza bien alta, y oiría a su padre decir: «Aquí está mi hijo Corazón Valiente. Un nombre valeroso para un chico valeroso»...

De pie con los puños cerrados, Mafatu sintió el picor de sus párpados, cerró los ojos con fuerza y clavó los dientes en su labio inferior.

Lejos, en la casa del *himené*, los viejos estaban cantando. La noche se llenaba con los ricos sonidos de sus voces. Sus canciones hablaban de largos viajes en canoas abiertas, de hambre, sed y batallas. Cantaban las hazañas de los héroes. El pelo del muchacho se movía sobre su frente húmeda. El interminable murmullo del arrecife hacía sonar en sus oídos sus notas de advertencia. A su lado, Uri tocaba la mano de su dueño con una nariz fría. Mafatu atrajo hacia sí al perro.

—Vamos a irnos, Uri —dijo con orgullo—. Hacia el sur hay otras islas...

Los botes yacían en la playa como largos y finos peces. Silencioso como una sombra, el muchacho cruzó la arena. El corazón le martilleaba en la garganta. Echó en la canoa más cercana media docena de cocos verdes para beber y su arpón para pescar. Dio a su *pareu* un buen tirón. Después cogió un remo y llamó a Uri. El perro saltó a proa. Sólo faltaba Kivi; Mafatu había echado de menos a su albatros. Escudriñó el cielo oscuro en busca del pájaro, luego lo dejó y se dio vuelta.

La laguna estaba tranquila como un espejo. Las estrellas ponían huellas de fuego sobre su rostro oscuro. El chico desatracó y subió a popa. Impulsó la canoa hacia delante en silencio, haciéndola avanzar medio largo a cada empujón de su remo. Cuando se acercó más a la barrera del arrecife, creció el estruendo de las rompientes. El viejo y familiar pavor le golpeó la boca del estómago y le hizo titubear en el manejo del remo. Las voces de los viejos eran cada vez más débiles.

El estruendo del arrecife aumentó: un sonido prolongado, sordo y, sin embargo, fuerte, que parecía no estar arriba en el aire, sino abajo en el mismo mar. Allí fuera se escondía un terrorífico mundo de agua y viento. Allí fuera estaba todo lo que más temía. Las manos del muchacho se apretaban sobre su remo. Detrás de él quedaba la seguridad que le protegía del mar. ¿Qué importaba si se burlaban de él? Por un momento casi decidió regresar. Después oyó otra vez la voz de Kana diciendo: «Mafatu es un cobarde».

La canoa entró en la corriente formada por la marea al bajar. Levantó la pequeña embarcación en un remolino, la arrastró hacia adelante como una viruta en un saetín. Ahora ya no era posible el regreso...

El muchacho se dio cuenta de un repentino zumbido y rumor en el cielo, un golpeteo de fuertes alas. Miró hacia arriba sobresaltado. Era Kivi, su albatros. El corazón de Mafatu saltó de alegría. El pájaro daba vueltas lentamente a la luz de la luna, con sus alas bordeadas de plata. Flotó por un momento sobre la proa de la canoa, luego se elevó suavemente, con la ligereza de su vuelo sin esfuerzo. Salió atravesando el pasaje del arrecife, hacia el océano abierto.

Mafatu cogió el remo y le siguió.

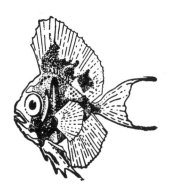

2. El mar

El día se abrió a un mundo sombrío y gris. La canoa se levantaba y volvía a caer inútilmente en las olas cristalinas. Mafatu miró atrás por encima del hombro, buscando en el horizonte una última visión de Hikueru; pero el atolón había desaparecido, como si se desentendiera de él para siempre.

Las ajadas velas estaban tiradas sin utilidad ninguna. Pero no parecía que una vela fuera necesaria: la pequeña canoa surcaba una de las misteriosas corrientes del océano que fluía a lo largo y ancho del Pacífico: *Ara Moana*, Senderos del Mar, como la llamaban los antiguos.

Eran las corrientes del océano que habían llevado a los navegantes polinesios de isla en isla en la infancia del mundo. Mafatu era empujado cada vez más lejos de su patria.

Desde la proa de la canoa, Kivi se elevó con las alas ampliamente desplegadas. En espirales ascendentes, el pájaro subió más y más, hasta que al fin no fue más que un punto gris sobre el gris más claro del cielo. Mafatu observó cómo su albatros desaparecía y sintió que la desolación invadía su corazón. Ahora solamente le quedaba Uri para hacerle compañía en aquel mundo hostil de cielo y agua. Uri... El perro amarillo se acurrucaba en la proa, abriendo un ojo de vez en cuando para mirar a su amo. Adonde fuera Mafatu, Uri le seguiría.

Todo alrededor, tan lejos como la vista alcanzaba, se extendían las aguas plomizas. La canoa era el centro en movimiento de un círculo ilimitado de agua. El muchacho se estremeció. Sus dedos agarraban convulsivamente el remo. Pensó en Kana y en los otros chicos, ¿qué dirían cuando supieran que había desaparecido? Y Tavana Nui, ¿se entristecería el corazón de su padre? ¿Pensaría que Moana, el Dios del Mar, se había llevado, por fin, a su hijo?

Era un mundo opresivo y siniestro en la estación de las tormentas. A media milla de distancia, una ballena levantó sobre la superficie su casco barnizado para lanzar al aire un chorro de vaporosa lluvia; después se sumergió, dejando apenas una ondulación como señal de su paso. Un banco de peces voladores rompió el agua y su resplandor plateado pasó rozándoles. Un delfín les seguía y su piel lisa pasó tan cerca de la canoa que el muchacho pudo oír su respiración. Este mundo del mar estaba regulado por la dura ley natural de la supervivencia. Mafatu conocía el mar con una intimidad concedida a pocos. Había visto manadas de mantas gigantes azotando la laguna de Hikueru como un furioso hervidero; había visto al fuerte cachalote atacado por ballenas asesinas y desgarrado en jirones en un abrir y cerrar de ojos; una vez había visto un pulpo tan grande como el tronco de un tamanu, con tentáculos de treinta pies de largo, levantarse desde las profundas aguas más allá del arrecife... *Ai*, ¡este mar!

Mafatu abrió uno de los verdes cocos e inclinó la cabeza hacia atrás para dejar que el fresco líquido bajase por su reseca garganta; más refrescante que el agua de la fuente, fresca en los días más calientes y tan reconfortante como la comida. El muchacho sacó la carne gelatinosa para Uri y el perro la comió agradecido.

La corriente que mantenía la canoa a su merced parecía haberse apresurado. Se había levantado viento además, que soplaba en pequeñas ráfagas. Ahora la canoa escoraba bajo el repentino ataque, mientras Mafatu gateaba en la batanga para añadir su peso como lastre; entonces el viento se interrumpió tan súbitamente como había aparecido, y la canoa se enderezó por sí sola mientras el muchacho respiraba de nuevo libremente. Buscó a Kivi en los cielos. Su albatros podía haber sido uno de los miles de pájaros marinos que volaban en el cielo, o podía haber desaparecido completamente, dejando a sus amigos en aquel lugar solitario. El pájaro había guiado a Mafatu a través del pasaje del acantilado desde Hikueru al mar abierto y ahora, al parecer, le había abandonado.

Se estaba formando una tormenta a partir de esos misteriosos cinturones al norte y sur del ecuador, cuna de los huracanes. El viento cambió de dirección trayendo una pesada ráfaga. Mafatu bajó la vela y cogió el remo; sus manos se agarrotaron hasta que los nudillos estuvieron blancos. Todo alrededor se extendía un mundo de aguas agitadas, gris en las hondonadas y verdoso en las pendientes. El viento cortaba las peinadas crestas y lanzaba rociadas al cielo. Como la avanzadilla de un ejército, las ráfagas de viento hacía bajar y subir la canoa, chocaban salvajemente contra ella. Mafatu estaba tan ocupado con el remo que no tenía tiempo para pensar. En voz alta elevó una oración a Maui, Dios de los pescadores.

—*¡Maui é! ¡E matai tu!*

En cierto modo, el sonido de su propia voz le tranquilizó. Uri levantó la cabeza, aguzó las orejas y movió el rabo durante un segundo. La canoa se elevó en el oleaje con la ligereza de una gaviota y bajó como un trineo las pendientes espumosas. ¡Qué destreza había demostrado esta pequeña canoa! Esta piragua tallada en el poderoso árbol tamanu. Bajaba en picado y cedía, se sacudía y corría, unida al feroz elemento a cuya espalda cabalgaba.

El cielo se oscureció. Un estallido de luz iluminó el mar con brillo sobrenatural. Inmediatamente, el golpetazo de un trueno destrozó el mundo. Y de nuevo la luz, hiriendo el agua silbante. Mafatu lo observaba con ojos fascinados. Ahora estaba todo a su alrededor. Llegaba al estampido final en globos de fuego que estallaban y se desvanecían y en sólo un terrible momento desvelaban siluetas de montañas de agua oscura, que subían y bajaban empujándose... ¿Cuánto podría resistir esta frágil embarcación de madera y sena? Bajo el ataque combinado del viento y el mar parecía que, inevitablemente, algo tenía que ceder. El viento gritaba su nota más aguda. La espuma hería la carne del muchacho, cegaba sus ojos, helaba su médula.

La vela cayó primero, con un desgarrón y un bramido. El viento barrió los fragmentos. Las cuerdas que sostenían el mástil zumbaban como alambres tensados. Después, con un crujido desgarrador, el mástil se quebró. Antes de que Mafatu pudiese saltar para dejarlo libre, se partió y desapareció en un remolino de agua negra. El muchacho se agarró al remo, luchando por impedir que su canoa se volviese de costado. El agua se colaba a bordo y volvía a salir. Sólo la ligereza del tamanu mantenía la embarcación a flote. Uri se encogía en la proa, medio sumergido, y sus aullidos eran apagados por el rugir de los elementos. Mafatu se agarró al remo como a la vida misma, mientras un terror irracional impulsaba sus brazos. Este mar que siempre había temido se

levantaba para reclamarle, igual que había reclamado a su madre. ¡Con cuanta razón le había temido! Moana, el Dios del Mar, se lo había estado advirtiendo... «Algún día, Mafatu, te reclamaré».

El muchacho perdió por completo el sentido del paso del tiempo. Cada nervio quedó embotado por el tumulto. El viento rugía sobre su cabeza y Mafatu seguía agarrado al castigado remo de dirección; agarrado firmemente mucho después de que la resistencia se hubiese extinguido y sólo la voluntad de vivir cerraba sus fuertes dedos sobre el mango. Ni aún la muerte hubiera aflojado la tensión de aquellos dedos. Su pequeña embarcación se mantenía firme ante el viento.

Una ola se levantaba ante la canoa. El muchacho había visto muchas, pero ésta era un gigante, un monstruo lívido y hambriento. Se elevó más y más hasta que pareció querer rascar las nubes más bajas. Su cresta se levantó por encima con un enorme gemido. El muchacho la vio venir. Intentó gritar. De su garganta no salió ningún sonido. De repente la ola estaba sobre él, retumbó al caer. ¡Caos! Mafatu sintió cómo el remo era arrancado de sus manos. El trueno en sus oídos. El agua ahogándole. El terror en su alma. La canoa giró en redondo en la hondonada. El muchacho se arrojó hacia adelante y se hirió los brazos con la bancada. Era el fin del mundo.

La ola pasó. Aturdido, jadeante, Mafatu levantó la cabeza y miró alrededor. Durante un segundo no pudo creer que todavía respirase y siguiera existiendo. Vio a Uri apretujado bajo la proa, ahogándose. Sacó al perro al aire libre. Entonces vio que su ristra de cocos para beber había desaparecido. Su arpón tampoco estaba. El cuchillo que colgaba de su cuello atado a un cordón, había sido arrancado. Incluso su *pareu* de fibra de tapa cayó de su cuerpo cuando el agua lo empapó. Estaba desnudo, indefenso, sin comida ni armas, lanzado hacia adelante en el soplo del huracán. Paralizadas todas sus sensaciones, vacío como un caparazón, todavía se aferraba a la vida y las horas pasaban...

La tormenta amainó tan gradualmente que al principio el muchacho no fue consciente de ello. El viento se estaba apagando, alejándose hacia los lugares vacíos del mundo. Uri se arrastró hacia el postrado muchacho y se acurrucó junto a él gimoteando débilmente.

La noche llegó y pasó.

Por la noche no había niebla que empañara el esplendor de la salida del sol a través de los mares ondulantes. A lo lejos, las alas de un albatros apresaban su oro cuando revoloteaba y planeaba bajo la bóveda del cielo. El único indicio de la reciente tormenta estaba en las turbulentas y agitadas aguas. Cuando el sol se elevó durante las horas calientes de la mañana, quemó el cuerpo del muchacho como los fuegos sagrados de la gran marea de Hikueru. La piel de Mafatu se llenó de ampollas y se resquebrajó. Su lengua se hinchó en su garganta. Intentó decir en alta voz una oración a Maui, pero su voz estaba apagada; los sonidos que emitió no eran más que un grito ronco. La canoa, libre de vela y mástil, sin un remo para conducirla en la rápida corriente, daba vueltas y cambiaba de continuo de rumbo en las agitadas aguas.

Al ir pasando las horas hubo rachas de agobiante sopor y la creciente agonía de la sed para el muchacho y su perro. El sol caía sobre ellos como un ojo inevitable. La corriente que controlaba a su antojo la canoa de Mafatu, la llevaba rápidamente a su misterioso destino.

Y así pasó el día, y la noche descendió una vez más, trayendo la bendita liberación del sol.

Ahora el aire se iluminaba con la promesa de otro día. Fuera de las sofocantes nieblas, el mar emergía, azul y violento. Con la llegada de este nuevo día, el terror levantó su cabeza. Mafatu intentó apartarlo, negar su existencia; pero se agarraba a su corazón con dedos pegajosos, atenazaba su garganta. Se echó a lo largo en el suelo de la canoa y escondió la cara en sus brazos. Tuvo que haber gritado entonces. Pero aunque su voz no era más que un ronco gruñido, animaba aún a Uri a vivir: la cola cortada del perro dio un débil latido. Con el fantasma de un lloriqueo el animal puso su nariz contra la mano del muchacho.

El valiente latido de la cola de su perro conmovió profundamente a Mafatu. Atrajo al animal hacia él, mientras una nueva seguridad, una nueva fuerza, inundaba su ser. ¡Si Uri podía tener valor para morir, seguramente él, Mafatu, no podía hacer menos! En ese instante oyó un violento aleteo en el cielo, encima de ellos, un batir de anchas alas... Al mirar hacia arriba los debilitados ojos del muchacho divisaron las alas extendidas de un albatros, trazando círculos por encima de la canoa.

—¡Kivi! —gritó Mafatu roncamente—. ¡Ai, Kivi!

En cuanto él habló, el pájaro dio la vuelta lentamente, después emprendió el vuelo en línea recta hacia el lejano horizonte. El muchacho notó entonces que la corriente marina estaba llevándole casi derecho al suroeste. El vuelo de Kivi seguía en línea paralela. Una vez más, parecía como si su albatros estuviese guiándole hacia adelante, igual que le había guiado en la canoa al salir del paso de Hikueru.

Mafatu escrutó la línea del horizonte. Parecía tan duro como el corte de una piedra. Pero de pronto, el corazón del muchacho dio un brinco; miró ante él. *No podía ser.* Era una nube... Pero en el cielo no había nubes. A lo lejos, en el reflejo del mar, había algo que no era mar ni cielo. Las ondulaciones, al hacerse más altas, lo revelaban unas veces, lo ocultaban otras. Esa sombra en el horizonte, ¡era tierra! El muchacho se lanzó adelante temblando incontroladamente.

Agarró a Uri entre sus brazos y lo levantó en alto riendo y llorando:

—¡Uri! ¡Uri! Es tierra. ¡Tierra!

El perro olfateó el aire y dejó escapar un pequeño gimoteo.

¿Qué isla podría ser ésta? ¿Era Tahití, la isla dorada, cuya lengua era semejante a la de Hikueru? ¿O era quizá una de las terribles islas oscuras de los comedores-de-hombres?

Ahora la corriente tenía una deriva hacia el oeste y era hacia el oeste donde estaban las islas oscuras...

Todo el día, mientras la canoa era arrastrada hacia adelante, el muchacho observó la lejana silueta de la tierra, sin atreverse a separar los ojos de ella por miedo a que se desvaneciera en el mar. El hambre y la sed se habían calmado por olvido. Sólo existía esta realidad, la tierra, la evasión del mar. Aún estando tan débil, todavía se agarró a la bancada, y sus labios murmuraron una silenciosa plegaria

de gratitud. Al caer la tarde, la isla fue tomando forma según la canoa se iba acercando más. Era alta y puntiaguda, con valles cubiertos de azuladas sombras contrastando con el tono más pálido del cielo. Hora por hora, con cada subida del oleaje, la isla se elevaba más y más, llenando de admiración el alma de Mafatu. Hikueru, el único país que él había visto, era tan llano como la palma de su mano; pero un gran picacho solitario coronaba esta extraña isla. Los árboles se destacaban verdes y bellos, fila tras fila, desde la orilla del mar hasta el pie de las colinas de la montaña púrpura. Uri había notado ya el olor de la tierra y estaba temblando de placer.

Entonces llegó desde lejos el primer estallido amortiguado del arrecife: el golpe de las rompientes olas sacudiendo la barrera de coral. Ese sonido... ¿era la voz de Moana? «Algún día, Mafatu, algún día...» Involuntariamente, el muchacho se estremeció. ¿No estarían nunca libres sus oídos de la amenaza del Dios del Mar?

Mafatu estaba impotente para conducir su embarcación. Sentía que la corriente era más rápida ahora. Solamente podía mirar sin esperanza cómo la pequeña canoa, veloz como las gaviotas que les seguían, se precipitaba al encuentro de las mareas de la isla, donde se mezclarían en un peligroso cruce. Ahora, a través del oleaje llegó un sonido semejante a un fantasmal coro de pescadores agotados tras su esfuerzo diario: los pájaros del mar, siempre quejándose, nunca en reposo; aunque más suave, se elevaba todavía otro sonido por encima de ellos, la voz misma del arrecife, acallándose con la puesta de sol, como el arrebato tranquilizador de una madre hacia su hijo.

La noche borró la faz del mar y envolvió el mundo. No había luna, pero el negro cielo estaba sembrado de incalculables millones de estrellas: otros mundos, otros soles. Para el muchacho que miraba, con tierra en perspectiva, resultaban más cercanas y más amistosas. La última estrella de la

Cruz del Sur señalaba el fin del mundo... Una brisa suave, cargada de aroma de flores trajo a través de las oscuras aguas su tentador agridulce.

Débil a causa de la sed, el muchacho se hundió ahora en un sueño misericordioso. Luchó contra él, como un nadador agotado lucha con la corriente, pero su cabeza se inclinó y sus ojos se cerraron.

A media noche le despertó un estruendoso tumulto. De pronto sintió que la canoa se levantaba debajo de él y saltaba en el aire. Después bajó rompiéndose en astillas contra el arrecife. El chico y el perro fueron lanzados de cabeza en las espumosas rompientes.

El agua fría devolvió a medias el conocimiento a Mafatu. Luchó a ciegas por sobrevivir. ¿Dónde estaba Uri? No había señales del perro. El muchacho se daba cuenta de que la canoa tenía que haberse precipitado sobre la barrera del arrecife porque aquí el agua estaba revuelta por el viento o la marea. Ahora él nadaba y nadaba... Frente a él, en algún lugar, una línea de playa, blanca como la sal en la oscuridad, le atraía hacia adelante. Sus músculos trabajaban por sí mismos. Sólo la voluntad de vivir. Una línea de playa en la noche... Captó el destello de un vientre de tiburón muy cerca, pero siguió nadando. Sus miembros se movía libremente en el agua.

De pronto encontró algo sólido bajo sus pies. Arena. Mafatu tropezó, se tambaleó, cayó de rodillas en el bajío. Sus labios se movieron, no consiguió hablar. Tendido allí, con el agua ondulándose y golpeando sobre él, se arrastró hacia arriba, hacia adelante. Las palmeras, que se agrupaban hasta el borde de la playa, estaban inmóviles en el aire de la noche. El mundo entero parecía contener la respiración ante el muchacho que ascendía a rastras desde el mar.

Cayó en la arena una vez más, después, guiado por un desconocido impulso, se arrastró hasta el borde de la jungla. Un murmullo de agua llegaba a sus oídos, suave como el borboteo de una risa placentera. Agua, agua dulce... Bajo la superficie de una roca doblada por los años, una pequeña cascada se perdía entre helechos y fresco musgo. Un grito áspero y sofocado salió de la garganta de Mafatu. Se levantó de un salto y se enderezó. Después se dejó caer sobre la musgosa orilla. Una de sus mejillas yacía en el agua fresca.

La luna asomó por encima del cerco de palmeras, y perfiló de plata la silueta de un muchacho delgado y hambriento, desnudo como la luz del alba. Mostró un perro pequeño que se arrastraba playa arriba a buscar a su amo.

Mafatu estaba tendido, inmóvil. Antes de beber, Uri tocó la mejilla del muchacho con su hocico caliente.

3. La isla

Un abanico de luz se extendía al este. Mafatu se movió y abrió los ojos. Por un momento se quedó inmóvil, tendido en el fresco musgo, completamente olvidado de los acontecimientos que le habían arrojado a esta extraña orilla. Después todo volvió en tropel y apenas se atrevía a creer que allí había tierra, tierra sólida debajo de él; que una vez más Moana, el Dios del Mar, había sido burlado. Luchó por mantenerse sentado, pero se cayó hacia atrás apoyado en un codo. Uri estaba muy cerca, con un cangrejo sujeto entre sus patas delanteras, rompiendo la dura concha y chupando la carne con placer. También Kivi estaba allí, con el pico metido bajo el ala y dormido. Kivi, que había guiado a sus amigos a la isla...

Mafatu se obligó a cambiar de postura. La acción de sentarse requirió mayor fuerza de la que creía. Estaba mareado por la sed y había una extraña debilidad en sus miembros. La pierna derecha estaba hinchada y le dolía. Recordó entonces que se la había golpeado contra el coral cuando la canoa chocó. Descubrió que tenía un corte en la pantorrilla; tenía que tener cuidado porque las heridas del coral eran venenosas.

El gorgoteo de la cascada llegó a sus oídos haciéndole darse cuenta de una punzante necesidad de agua. Hundió la cara en la fuente y bebió intensamente. Después, movido más por el instinto que por un pensamiento consciente, se apartó para dejar que el agua corriese por su hinchada garganta en pequeñas cantidades, con cuidado. Su mágico frescor recorrió con sigilo sus tejidos, trayendo nueva vida y restaurando sus fuerzas. Suspiró y se dejó caer hacia atrás en la musgosa orilla y saboreó la fuerza que estimulaba su cuerpo cansado. Tenía que encontrar comida pronto... Había miles de cocoteros por todas partes, con abundantes frutos verdes, pero Mafatu todavía no estaba bastante fuerte para trepar. Lo intentaría más tarde. Después también haría fuego; y tenía que explorar la isla para descubrir si estaba deshabitada; y había que construir un refugio. ¡Había mucho que hacer! Apenas sabía por donde empezar. Pero ahora bastaba con estar allí y sentir que la fuerza volvía, saber que estaba a salvo del mar. El mar... Se estremeció. Maui, Dios de los Pescadores, le había llevado a buen puerto a través de las corrientes del océano.

—Uri —murmuró el chico con voz opaca—, ¡estamos vivos! No fue todo un mal sueño; sucedió de verdad.

Como contestación, el perro meneó el rabo como una afirmación más de realidad. Cuando la mente de Mafatu soltó sus telarañas, un súbito pensamiento le asaltó: esta isla no era Tahití. ¿Qué isla era, entonces? ¿Sería...? ¡Oh! ¿Era la isla de los comedores-de-hombres? Quizá estaban ahora observándole desde lugares secretos de la jungla, esperando el momento oportuno. Miró alrededor con aprensión. Pero la soledad era total, salvo por los suaves arrullos de las golondrinas y el chapoteo de la cascada.

A su izquierda, lejos de la costa, el arrecife resonaba al chocar con el oleaje; la curva de la playa se extendía como dos grandes brazos que encerrasen la laguna. Cocos y pandanus se apiñaban en brillantes legiones al mismo borde del mar. Una bandada de periquitos verdes y púrpura centelleó a través del cielo y desapareció. No había ninguna otra señal de vida. No había voces de hombres, ni risas de niños, ni huellas de pies en la arena.

La cumbre volcánica que se levantaba al fondo de la isla tenía quizá tres mil pies sobre el nivel del mar. Era el cono de un volcán ya extinguido. Desde su base, los surcos de lava petrificada se derramaban hacia la distante orilla. Alguna vez, en los oscuros principios del mundo, esta montaña había vomitado fuego y azufre, sembrando la destrucción en el país. Pero después de fértiles siglos, la clemente jungla había regresado a las laderas, vistiéndolas de intenso verde.

El muchacho se levantó y estiró sus miembros rígidos. El agua le había reconfortado y se sentía mucho mejor. Pero notó que la tierra subía y bajaba con el mismo movimiento del mar y él se balanceaba para guardar el equilibrio. La pierna le dolía aún y necesitaría jugo de limas para cauterizar la herida del coral y hojas de *purau* para hacer una venda. Encontró cerca un árbol cargado de limas silvestres. Cogió media docena de frutos, los cortó en un trozo de coral y exprimió el jugo encima de la herida. Le escoció y no pudo evitar una mueca de dolor: pero cuando ató un abundante vendaje con una enredadera retorcida, ya le pareció que la pierna le dolía menos. Pronto desaparecería la hinchazón.

Descubrió muy cerca un tosco sendero hecho por los jabalís y las cabras en sus correrías por la montaña. El sendero se dirigía hacia arriba por las estribaciones hasta una alta meseta que Mafatu decidió sería un espléndido puesto de vigía. Desde esa posición ventajosa podría contemplar la isla entera y el mar hasta una distancia de muchas millas.

Siguió el sendero, que volvía a entrar en la jungla, paralelo al curso de una corriente rápida. El camino descendía bruscamente y Mafatu se obligó a subir agarrándose a raíces y lianas rastreras, bien trepando, bien reptando apoyado en su estómago. Tenía que parar de vez en cuando para tomar aliento. Uri corría junto a él, separándose para olfatear aquí y allá; el agudo ladrido del perro rompía el silencio de la mañana. A lo largo de un cuarto de milla crecían cocoteros, bellos árboles más exuberantes que ninguno de los de Hikueru. Siempre ocurría así en el rico suelo de las islas volcánicas. Después venía una zona de árboles del pan y plátanos silvestres, de naranjas, guavos y mangos. Las raíces de los árboles *mapé* —el castaño de la isla— se retorcían por el suelo en extrañas y tortuosas formas. Desde las altas ramas donde florecían orquídeas, los sarmientos colgaban como cuerdas en el aire, mientras pequeños periquitos huían con veloces alas y desaparecían en la verde penumbra. Mafatu nunca había visto bosques como aquellos, porque Hikueru era abierto y estaba azotado por los vientos. Estas infinitas legiones de árboles parecían cerrarse sobre él, aprisionarle con largos brazos, con embriagadores perfumes con misteriosa luz y sombra. Los helechos eran más altos que la cabeza de un hombre; el techo de hojas estaba sembrado de brillantes flores.

Cuando Mafatu llegó a la meseta estaba exhausto y la pierna latía con punzadas dolorosas. Se echó a lo largo sobre la roca volcánica, observó cómo las cabras monteses saltaban de un pico a otro más allá en lo alto, por encima de su cabeza y oyó su balido estridente en el aire claro. Cuando recobró el aliento se sentó de nuevo y miró a su

alrededor. La meseta parecía dividir la isla en dos mitades. Desde su posición ventajosa, el muchacho podía ver una circunferencia completa. Buscaba desesperadamente algún signo humano y al mismo tiempo lo temía; porque ¿quién podía saber si los humanos iban a mostrarse amigos o enemigos? Casi deseaba que la isla estuviera deshabitada, pero si así fuera... Se estremeció al darse cuenta de su aislamiento. Incluso en el mar, en su pequeña canoa, no se había sentido tan absolutamente solo como aquí, en esta extraña isla. Todo lo que le rodeaba era distinto y sobrecogedor.

Estaba mirando hacia el suroeste cuando de pronto su corazón dio un salto y él se adelantó. Una forma cónica, vaga como una nube en el horizonte, le mostraba la existencia de otra isla elevada. Tenía que estar a una distancia de cincuenta millas. Mientras el chico miraba ansiosamente, sin atreverse apenas a creer el testimonio de sus ojos, vio lo que podía haber sido una columna de humo ascendiendo en el aire desde la cima de un cono. Había oído contar al abuelo Ruau acerca de las Islas Humeantes, hogar de tribus salvajes. Eran las islas oscuras de los comedores-de-hombres. ¿Era esa lejana isla una de ellas? ¡Quizá esta misma isla en la que estaba era también de ellos! Fue un horrible pensamiento.

Mientras estaba contemplando su mundo, el viento que soplaba desde el ancho Pacífico le golpeaba y silbaba en sus oídos. Casi tenía que apoyarse para guardar el equilibrio. Era viento del suroeste que soplaba en línea recta desde la Isla Humeante azotando el mar con furia. Dentro de la barrera del arrecife, el agua se hacía más profunda y adquiría matices cambiantes. Aquí arriba el mundo entero parecía lleno de luz y color. A lo lejos, una nube de gaviotas se amontonaba sobre las rompientes, lanzando roncos gritos tan incesantes como el canturreo dentro de una concha. Por encima de la cabeza de Mafatu, el cono de basalto de la isla tenía un tono tan suave como una amatista, roto y gastado por mil años de vientos y tormentas.

Observó que la barrera de arrecifes rodeaba toda la isla. Había solamente dos brechas en el arrecife por las que podían entrar las canoas. Una de ellas estaba en el lado de la isla donde Mafatu había sido lanzado a tierra; la otra estaba aquí, hacia el suroeste, frente a la lejana Isla Humeante. En ambos casos la brecha estaba causada por un río que fluía desde la montaña hasta el lago; porque el diminuto pólipo del coral, que construía sus murallas desde el fondo del mar, no podía aguantar el agua fresca. Dondequiera que un río corra al mar habrá una brecha en el arrecife.

Mafatu saltó asustado cuando un jabalí se abrió paso entre la maleza. Estaba tan cerca que el muchacho vislumbró su piel oscura. Uri se lanzó detrás de él ladrando furiosamente. Mafatu se tranquilizó y en su cara se dibujó una sonrisa. Cerdo asado en la tierra, en las piedras calientes del *umu... ¡Aué!* La boca se le hizo agua ante la perspectiva.

Haría un arpón y mataría al *puaa*, ¡eso es lo que haría! Estaba enardecido por el entusiasmo y dispuesto para la aventura. Después, el pensamiento de matar a un jabalí en un combate sin ayuda de nadie le dejó mudo de asombro. ¡Nunca se le habría ocurrido esa idea en Hikueru! El era Mafatu, el chico-que-tenía-miedo... Apretó los dientes con resolución. Nunca había conocido a un hombre que hubiera matado a un jabalí. Pero el abuelo Ruau, que había viajado hasta Tahití, había contado cómo los guerreros de aquella isla mataban cerdos en las montañas con sólo un cuchillo por toda arma, manejándolo de tal manera que el animal mismo se empalaba en la hoja. Se requería un brazo fuerte y un corazón valiente. ¿Podría él, Mafatu, llevar a cabo tal hazaña? El abuelo trajo un collar hecho con los colmillos de jabalí y Mafatu recordaba todavía cómo las volutas tatuadas en azul oscuro en la piel cobriza del viejo hacían resaltar los hermosos dientes de marfil. Aquel collar era la envidia de todos los hombres de Hikueru y el poseerlo hizo ganar mucho respeto al abuelo.

«Yo mismo me haré un collar así con los colmillos» —se prometió el muchacho con decisión—. «Y cuando vuelva a Hikueru, los hombres me mirarán y dirán: "Ahí va Mafatu. ¡Él solo mató a un jabalí!" Y Tavana Nui, mi padre, se sentirá orgulloso.»

El propósito de volver a casa puso en movimiento otra serie de pensamientos.

—Tengo que encontrar un árbol, un tamanu, para mi canoa —dijo el muchacho el voz alta—. Lo quemaré y después haré una azuela de basalto para terminarlo. Tejeré una vela de pandanus. ¡Y será una preciosa canoa!

En ese momento sus ojos descubrieron un mango cargado de jugosos frutos, arrancó uno y hundió los dientes en la pulpa rosada. Por unos momentos, mientras se hartaba de comer y el jugo le resbalaba por la barbilla, se olvidó por completo de la canoa; olvidó que necesitaba un refugio, comida, fuego y armas. Después, una vez satisfecho, su pensamiento volvió otra vez al feliz día en que pondría rumbo a Hikueru, tras haber puesto en fuga a todos los demonios y con la brillante llama del valor ardiendo en su corazón. Nunca más le llamarían Mafatu, el Muchacho-Que-Tenía-Miedo. Allí estaba él, firme y resuelto, muy por encima del demonio del mar.

—¡Maui, Dios de los Pescadores, escúchame! —imploró—. Volveré un día a casa, lo prometo. Mi padre, Tavana Nui, se llenará de orgullo con mi regreso. Yo hago ahora este juramento, Maui, ya he hablado...

El viento del mar sopló a su alrededor y su voz caliente y suave le tranquilizó. Maui, Dios de los Pescadores, le había oído y respondía.

Mafatu decidió que antes de volver sobre sus pasos hasta la misma playa, exploraría el lado opuesto. El sendero descendía desde la meseta en una serie de vueltas y espirales rápidas. El muchacho bajó gateando, agarrándose a raíces y sarmientos para no caer. Una fresca corriente oscura se abría paso allá abajo en un protegido valle. Quizá en ese valle encontrase gente.

En la base del viejo cráter, largas estrías de lava descendían hasta el valle. De pronto, Mafatu recordó un cuento de su niñez: ¡contaba cómo los jóvenes de Tahití se deslizaban sobre la lava resbaladiza en trineos de hojas gigantes! Apenas había cruzado su mente ese recuerdo y ya Mafatu estaba arrancando media docena de grandes hojas de un plátano cercano. Después se paró, súbitamente alerta. Eran árboles espléndidos, tres veces más altos que él, con anchas hojas que el viento sacudía como banderas rasgadas. Pero lo que le llamaba la atención eran los tallos en los que crecía la fruta: ¡habían sido cortados limpiamente con cuchillo! Su corazón dio un gran salto.

Examinó los cortes con cuidado. Uno tras otro, los árboles habían sido despojados de frutos, hacía menos de una semana. ¿Quién había cortado esos plátanos? ¡Tendría que descubrirlo! Con expresión torva se puso a hacer su «trineo». Ató las hojas juntas con una fibrosa cuerda de vid y pronto tenía hecho un tobogán tan largo como su cuerpo. Cuando Mafatu llegó a la superficie de lava, puso su trineo sobre ella y se lanzó encima. Con un grito y un empujón inició la bajada.

Al deslizarse por la pista natural, alcanzó una velocidad terrorífica. Los árboles pasaban zumbando. El viento le cortaba la respiración. El valle se precipitaba a su encuentro. Se paró de golpe en un matorral de *cassi*. Cuando logró salir de los espinos, todavía respiraba agitado. ¡*Aué*, era formidable! No se había parado a pensar en cómo volvería a su meseta, pero en ese momento se fijó en un camino ancho y bien trazado que bajaba a través de la jungla.

—¡*Aiá!* —exclamó—. ¡Este estupendo camino no está hecho por patas de jabalí!

El muchacho se quedó parado, indeciso y vacilante. Una especie de premonición de peligro le mantenía en guardia, cauteloso y alerta. Casi estuvo tentado de desandar el camino y no seguir explorando. Después, un irresistible deseo de saber quién había hecho aquel camino le empujó hacia adelante. El camino conducía al mar, ensanchándose según avanzaba. Pronto se abrió en un círculo talado de varios cientos de pies en circunferencia. Involuntariamente, Mafatu, empezó a avanzar, después retrocedió y no pudo contener un grito. Lo que veía le llenaba de pavor y le hacía temblar.

Vio una serie de amplias terrazas de piedra formando una pirámide de muchos pies de alto; en la cima de esa pirámide, un ídolo grotesco, atrozmente feo, se levantaba iluminado por los rayos del sol. Era un ídolo antiguo, sus contornos estaban atenuados por hongos y líquenes y corroídos por lluvias de siglos. Raíces de enredaderas se retorcían junto a su base. Los vientos no llegaban a este círculo escon-

dido y los insectos zumbaban en el aire caliente. Mafatu sentía que se estaba ahogando, su corazón latía con violencia. Una *marae*..., un lugar sagrado...

Sin atreverse apenas a respirar, avanzó un paso. Luego subió un poco. Alrededor de la base del ídolo vio montones de huesos, chamuscados, pero no viejos. La plataforma estaba cubierta de ellos. Esto era un *motu tabu*, una isla prohibida. Aquí los comedores-de-hombres hacían sus terribles sacrificios al *Varua Ino*.

Mafatu había echado raíces, incapaz de avanzar, sin ánimo para huir. A su lado, Uri gruñía por lo bajo, con los pelos del pescuezo ligeramente erizados. El muchacho miró hacia arriba involuntariamente; a través de un claro entre los árboles del cono anubarrado de la Isla Humeante flotaba en un mar de color vino... ¿Podría ser esa distante isla el hogar de los salvajes que usaban este *motu tabu* como lugar de sacrificio? ¿Era aquí adonde venían con sus canoas negras para hacer la noche horrible con sus tambores, ceremonias y fuegos? Mafatu se estremeció. Él había creído que Maui, Dios de los Pescadores, le había hecho llegar sano y salvo a esta isla. Pero después de todo, quizá había sido una broma cruel de Moana, el Dios del Mar, enfadado por haber sido engañado. El muchacho creía oír a Moana diciendo: «Algún día, Mafatu, algún día te agarraré...»

Era evidente que los salvajes habían estado aquí recientemente, porque los montones de ceniza seguían sin desordenar por vientos o tormentas. El círculo talado parecía contener el aliento, encerrado en un silencio sobrenatural.

Cuando el muchacho se detuvo, indeciso, y miró a la marae que coronaba la pirámide, sus ojos se fijaron en un destello de luz y su corazón dio un fuerte brinco. Porque vio que sobre la plataforma sagrada había una punta de lanza. Cuidadosamente afilada, de bordes agudos; una lanza para alimentarse, un arma contra el ataque. ¿Se atrevería a cogerla? Podía significar la muerte... Su corazón palpitaba con fuerza. Movió un pie hacia adelante. Sus manos estaban húmedas y frías. La brillante punta de lanza le hacía guiños como el ojo de un demonio. Los miembros del muchacho parecían de agua, por un segundo fue incapaz de moverse. Si en ese momento una veintena de hombres negros hubiesen salido de la jungla, él no se habría movido o gritado. Hizo un esfuerzo por controlarse. Respiró hondo y murmuró:

—Has sido tú, Maui, quien me ha traído a esta isla. Yo lo sé. ¡No me abandones ahora!

Le parecía casi como si viese sombras oscuras moviéndose entre los helechos y oyese fantasmales susurros de voces. Pero se movió con cautela hacia adelante, dispuesto a una huida repentina. Ya estaba tan cerca del ídolo que podría haberlo tocado. Extendió la mano. Necesitó toda su fuerza de voluntad. La punta de lanza resplandecía... Sus dedos se cerraron sobre ella, apretaron. El ídolo proyectaba una sombra oscura sobre el suelo verde. El muchacho levantó la punta de lanza hacia él, pero al moverla sacó un hueso. Cayó sobre sus pies. Su tacto era mortalmente frío. Mafatu jadeaba. Después, se volvió rápidamente y echó a correr. Pero todavía apretaba la punta de lanza en el puño.

Regresó trepando al camino de donde había venido. El corazón martilleaba, la pierna estaba rígida y dolorida. Las raíces retorcidas de los árboles de *mapé* parecían darle caza mientras huía, alargando hacia él sus dedos codiciosos. Los gigantescos helechos mantenían la jungla en misteriosa penumbra. El muchacho estaba embargado de inexplicable pavor. Sus miembros pesaban. Cuando por fin alcanzó la base de la superficie de lava, se volvió en ángulo recto y continuó su camino hacia arriba arrastrándose, impulsándose con la ayuda de los sarmientos.

Al fin llegó a la meseta —jadeante y sin aliento. La lanza centelleaba en su mano. La miró sorprendido. ¡No le había sucedido nada! Había tocado la marae, separado un hueso del lugar *tabu*, y todavía vivía. El sol brillaba. El cielo era azul. Nada había cambiado. Y esta lanza, ¡*aue!* ¡Además era preciosa! El riesgo había merecido la pena. Los comedores-de-hombres habían trabajado bien. ¡Ahora él, Mafatu, podría matar al jabalí! Ahora podría defenderse si le atacaban.

Pero lo que era más importante, él sabía que había ganado una gran batalla contra sí mismo. Se había obligado a hacer algo que le aterraba, algo que había precisado toda su fuerza de voluntad. El sabor de la victoria endulzaba sus labios. Hinchó el pecho y gritó:

—¡Has sido tú, Maui, quien me ha ayudado! ¡Gracias, yo te doy las gracias!

Uri saltaba y brincaba excitado junto a su amo.

Una vez de regreso a su refugio, Mafatu siguió mirando y mirando la lanza. La felicidad le invadía en cálidas oleadas. No era sólo el poseer la lanza. No... era el hecho de haber tocado la marae. ¡Eso requería valor, *ai*, valor! Y cuando se puso a buscar un palo para hacer fuego, lo hizo cantando a pleno pulmón. Era una canción guerrera de Taaroa, el héroe que se levantó del mar para matar a los enemigos de su pueblo.

> *¡Taaroa puai e!*
> *Hiti raa no te Moana,*
> *Horoa te puai ia'u,*
> *¡Taaroa e!*

Su voz se alzaba clara y fuerte en el silencio de la jungla. Las aves del mar y los periquitos cesaron en sus gritos para escuchar el extraño sonido.

Por fin Mafatu encontró un palo a su gusto: un trozo de madera dura, seca, tan grande como su antebrazo. Después buscó un pedazo más pequeño de la misma madera. Apoyando el trozo más grande contra una roca, se puso en cuclillas delante de él y agarró el madero pequeño con ambas manos. Empezó a moverlo atrás y adelante, atrás y adelante sobre la superficie dura. Comenzó a formarse un surco. Un montoncito de polvo de madera se acumuló en un extremo del surco. Ahora las manos del muchacho se movían más y más rápidas. Volaban atrás y adelante, mientras el sudor aparecía en su frente y su respiración se hacía fatigosa. Por fin fue recompensado. Una voluta de humo se elevó desde el polvo de madera. Un resplandor... El muchacho añadió unas cuantas ramitas y, ahuecando las manos con mucho cuidado, sopló sobre la chispa. Una llama estalló a la vida.

Había hecho fuego.

Cansado del esfuerzo, Mafatu se apoyó en sus caderas y observó la llama saltarina. *¡Fuego!* Le dolían los brazos y la espalda; la herida de la pierna le daba punzadas. Pero el cálido resplandor de la llama le reconfortaba. Le hacía pensar en casa, en la comida y el calor y la compañía; en el círculo de rostros, reunidos al caer la tarde; en el murmullo de las voces de los viejos, contando sus interminables cuentos de desafíos. Y una súbita ola de soledad le recorrió, una añoranza del sonido de la voz profunda de su padre... Apretó los labios y se resistió, después se puso de pie y se dedicó a sus pequeñas tareas con gran atención. No quería pensar en aquellas cosas. No recordaría, si podía evitarlo. Ahora podría cocer la comida, calentarse cuando se mojara y tenía la primera herramienta con que ponerse a construir su canoa. Mañana haría caer un árbol con la ayuda del fuego y empezaría a trabajar en su piragua. Haría fuego sólo de día y no lo dejaría arder mucho tiempo, porque su resplandor podría verse desde la lejana isla de los comedores-de-hombres. Así consiguió desviar sus pensamientos hacia cauces más positivos.

Echó al fuego fruto del pan. Lo dejaría allí hasta que estuviese quemado por fuera y perfectamente cocido. A continuación puso media docena de *fei* —plátanos silvestres— en las brasas, las cubrió con hojas húmedas para que fuesen cociéndose lentamente al vapor. Mientras su comida se cocía, él tenía otras cosas que hacer. En seguida se puso a ello: arrancó una media docena de ramas de un cocotero no muy alto; después empezó a trenzarlas para hacer una especie de cortinas planas, semejantes a esteras. Haría con ellas un cobertizo que sería su refugio contra vientos y tormentas. Varias capas juntas serían impermeables.

—Si al menos tuviera mi cuchillo, Uri —se quejó el muchacho—. ¡Qué sencillo sería! Tengo que buscar en la laguna una concha de *pahua*. Puede desgastarse hasta tener un borde cortante. Pronto tendremos un buen cuchillo.

Uri también pensaba lo mismo; era evidente por el movimiento de su incansable rabo.

«Quizá pueda encontrar un cuchillo en el lugar sagrado de los comedores-de-hombres —pensó Mafatu de repente. Después negó con la cabeza—. ¡No! Nunca volveré a esa horrible marae *tabu*».

Pero decidió que cada día subiría a la alta meseta, su puesto de guardia miraba hacia el suroeste. Algún día..., algún día los comedores-de-hombres regresarían. Quizá no tardando... Mafatu estaba seguro, tan seguro como de que el sol brillaba y era caliente. Era inevitable. Y cuando los hombres negros vinieran, él tendría que marcharse, o morir.

El muchacho miró con cariño al tamanu, el árbol que ya había marcado para su canoa.

—Mañana empezaré a trabajar en eso —prometió—. Y *aiá*, ¡qué canoa voy a hacer! Honda y fuerte, pero ligera. Un bote tan veloz y resistente como la cola de un tiburón. Y cuando mi padre lo vea dirá: «*Aué*, hijo mío, pero qué buenas canoas construyen en esa isla de la que vienes». Y entonces yo diré: «La hice yo mismo, padre». Y entonces él dirá: «*¡Aiá!* No es posible. ¿Esta hermosa canoa?».

El fuego ardía alegremente y la fruta del pan empezaba

48

a dar un olor tentador. Los humeantes plátanos lanzaban chorros de vapor. Uri se acurrucó al lado de su amo y Mafatu apretó al perro contra él.

—*Ai*, también hay comida para ti, hermano —gritó—. Y mañana tendremos pescado. ¡Verás mi arpón cómo se porta! Yo haré un nuevo mango para él. Y entonces mataré al ma'o, el tiburón. Y también al jabalí. ¡*Ai*, Uri, ya verás!

El muchacho sacó el fruto del pan del fuego y lo partió por la mitad. Su carne blanca y hojaldrada era compacta y alimenticia; se parecía un poco al pan en el sabor, algo a la patata, y mejor que los dos. El muchacho dio la mitad a Uri. El perro daba vueltas alrededor, olisqueando con ansia, como esperando a que su comida se enfriase. Los plátanos hacían reventar sus pieles, mientras su jugo borboteaba por el calor. Mafatu los sacó hábilmente del fuego, los pasó a una hoja ancha que le sirvió de plato. Luego, sin preocuparse por quemarse los dedos, se lanzó sobre la comida caliente. Estaba hambriento. Le parecía que en toda su vida había tenido tanta hambre y durante un rato sólo se oyó el sonido de su ávido masticar. ¡Nunca le había sabido tan bien la comida!

Comió y comió, hasta que su estómago no pudo soportar más. Después, un gran cansancio se apoderó de él. Con un suspiro de profunda satisfacción se tumbó en la arena fresca y cerró los ojos. Uri se acurró cerca, caliente y amistoso, contra su costado. Encima de ellos, las ramas aplastadas de las palmeras formaban un cómodo refugio. «Algún día —pensó el muchacho adormilado— haré mi tejado impermeable, pero aún no...»

La marea estaba bajando de la laguna con la puesta del sol murmurando un sonido arrullador, como el silencio tranquilizador de una madre para su hijo. Mafatu yacía bajo su cobertizo, con todos sus nervios relajados. Tenía fuego, alimento, cobijo. Se había enfrentado a Moana, el Dios del Mar. Había desafiado a la sagrada marae de los comedores-de-hombres para conseguir su lanza. Había una recién ganada confianza cantando en su corazón. Había encontrado una nueva fe en sí mismo.

Se durmió en paz consigo mismo y con su mundo.

4. Tambores

A la mañana siguiente, Mafatu se puso a construir su canoa. La noche antes había cubierto su fuego en el abrigo natural de una cueva y decidió no dejar extinguir nunca las brasas. Porque era muy difícil hacer fuego con los palos y se perdía mucho tiempo. Por eso en Hikueru los fuegos estaban siempre ardiendo, y una de las tareas de los miembros más jóvenes de una familia era cuidarse de que siempre hubiese leña a mano. ¡Ay del chiquillo que deja apagar el fuego familiar!

Mientras el desayuno se tostaba en las brasas, el muchacho limpió la maleza de la base del gran tamanu. No había mejor madera que esta para construir una canoa. Era fuerte, duradera y, además, flotaba en el agua. Mafatu podía

51

derribar su árbol con fuego y también quemarlo. Más tarde afilaría una azuela de basalto para terminar el trabajo. La azuela le llevaría mucho tiempo, pero lo había hecho a menudo en Hikueru y sabía bien cómo se hacía. El muchacho empezaba a comprobar que las horas pasadas moldeando utensilios iban a serle ahora de gran ayuda. Redes y cuchillos y sedal para tiburones, herramientas y anzuelos para crustáceos —él sabía cómo hacerlo todo—. ¡Cómo había odiado esas tareas en Hikueru! Era rápido y hábil con las manos, y ahora estaba agradecido por esa destreza suya. El fuego restallaba y crepitaba en la base del tamanu. Cuando al fin el tronco estuvo desgastado, Mafatu trepó hasta arriba y gateó con cuidado sobre una rama grande que sobresalía por encima de la playa. Después, agarrándose bien a las ramas, empezó a saltar arriba y abajo. Cuando el fuego perforó más profundamente el tronco, el árbol empezó a inclinarse bajo el peso del muchacho. Con un chasquido y un crujido, cayó encima de la arena. Cuando cayó, Mafatu saltó librándose de las ramas tan ágilmente como un gato.

—Ya es bastante por hoy, Uri —decidió—. Mañana encenderemos fuego debajo del tronco y empezaremos a quemarlo. Cuando vengan los comedores-de-hombres, estaremos preparados.

Mientras tanto, había otras muchas cosas que hacer: una nasa de bambú, una red de sena, y también un anzuelo, si podía encontrar algún hueso. Y mientras construía la canoa, ¿cómo iba a ir Mafatu hasta el arrecife a poner su nasa si no hacía antes una balsa de bambú?

El muchacho decidió que la balsa era de primordial importancia. Eligió una veintena o más de finos bambús tan grandes como su brazo, haciéndolos caer con fuego; después los ató juntos con tiras de corteza de *purau*, haciendo una robusta balsa de doble espesor. Le serviría bien hasta que su canoa estuviera terminada.

Cuando trabajaba, su mente volvía una y otra vez al jabalí que él había decidido matar. ¿Cómo iba a volver a Hikueru sin un collar de dientes de verraco? ¡Porque ese collar era casi tan importante como una canoa! Con esa prueba los hombres sabrían de su fuerza y su valor. Cuando llegase el día de dejar esta isla, él navegaría al norte y al este. En algún lugar de esa zona estaban las Islas; el gran Archipiélago de Tuamotu que se extendía a través de mil millas de océano y diez grados de latitud. Dentro de aquellos canales sembrados de arrecifes, flotaba Hikueru, su hogar... No tenía la menor duda de que lo encontraría; porque Maui, que le había conducido sano y salvo hasta esta tierra, algún día le guiaría de nuevo a casa. Pero Mafatu sabía que antes tenía que probar su valor. Los hombres no le llamarían nunca más Mafatu, el Muchacho-Que-Tenía-Miedo. Y Tavana Nui diría con orgullo: «Aquí está mi hijo, que vuelve a casa desde el mar».

Kivi, el albatros, iba y venía en sus misteriosos vuelos, emergiendo del espacio azul y desvaneciéndose de nuevo en él. A la puesta del sol, regularmente, el pájaro blanco venía dando vueltas en círculo para posarse torpemente en la playa, casi al lado de Mafatu, mientras Uri daba saltos de alegría y saludaba a su manera a su amigo. Porque para Uri esta era la mejor época de su vida; había innumerables pájaros marinos anidando a lo largo de la orilla, a los que se podía cazar y poner en fuga; y cabras salvajes y jabalís en las montañas que harían emocionante la vida de cualquier perro.

Mafatu había descubierto una morera. Quitó la corteza y sacó la parte interior blanca. Después humedeció la fibra, la colocó sobre una piedra plana y comenzó a golpearla con un palo de madera. La fibra se extendió y se fue haciendo más delgada a medida que la golpeaba. El muchacho añadió otra capa, la humedeció y la golpeó sobre la primera; y después otra y otra. Pronto tuvo un pedazo de «tela» que le serviría como *pareu*. Era suave y blanco, y por fin ahora estaba vestido.

«Antes de irme a casa haré tinte de *ava* y pintaré un bonito dibujo en mi *pareu* —se prometió a sí mismo—. No voy a volver mal vestido y con las manos vacías. Los hombres tienen que saber que yo he conquistado el mar y también me he servido de la tierra.»

Los días pasaban y Mafatu seguía ocupado en multitud de tareas desde el amanecer hasta la noche. Su cobertizo creció hasta convertirse en una casa con paredes de bambú en tres lados y un tejado de hojas de palma. La cuarta pared estaba abierta a los vientos de la laguna; era una casita agradable y él estaba orgulloso de ella. En el suelo había un rollo de estera trenzada; había un estante en la pared con tres recipientes hechos de cáscara de coco; de un gancho colgaban anzuelos de hueso; había un carrete de fuerte sena, de muchos pies de largo; un *pareu* extra de tapa impermeabilizada con goma de *artu*, para el tiempo húmedo. Durante todo el día el viento sonaba entre los resquicios de las paredes de bambú y de noche los lagartos corrían por el tejado haciéndolo crujir suavemente.

Una mañana, caminando por la playa, Mafatu descubrió una cala protegida. El corazón le dio un salto de alegría; porque allí, blanco y resplandeciente bajo el sol, había restos del esqueleto de una ballena. Para ti o para mí podría no haber significado mucho, pero para Mafatu significaba cuchillos y anzuelos en abundancia, huesos astillados para dardos y arpones, una paletilla para un hacha. Era un verdadero tesoro. El muchacho saltaba arriba y abajo excitado.

—¡Uri! —gritó—. ¡Somos ricos! Ven, ¡ayúdame a arrastrar estos huesos a casa!

Su impaciencia le entorpecía las manos; ató en dos haces tantos huesos como pudo abarcar. Él cargó uno de ellos y Uri arrastró el otro detrás de él. Y así volvieron a su campamento, cansados, pero llenos de júbilo. Incluso el perro parecía haber entendido lo que significaba ese descubrimiento; o al menos estaba contagiado de la alegría de su amo. Saltaba alrededor de él como un cachorro juguetón, ladrando hasta quedarse ronco.

Ahora empezaba el largo proceso de afilar el cuchillo y el hacha. Hora tras hora, en cuclillas delante de un bloque de basalto, Mafatu trabajó y trabajó hasta tener las manos en carne viva y cubiertas de ampollas y el sudor le corría hasta los ojos. Primero fabricó el cuchillo, puesto que era lo más necesario. Tenía una hoja de diez pulgadas de largo y el mango tenía un pomo de unión. Era lo bastante afilado para cortar ramas de cocotero, para vaciar el fondo de un coco verde. *Ai* ¡vaya un estupendo cuchillo! Mafatu volcó en él toda su habilidad. Sería también un arma excelente, pensaba el muchacho torvamente mientras afilaba la punta. ¡Algún ladrón del mar había estado hurgando en su trampa de bambú y él iba a encontrar al culpable! Probablemente era ese viejo estúpido tiburón que siempre andaba por allí... ¡Como si la laguna fuera de su propiedad!

Pescar con un hilo es demasiado lento cuando se trabaja contra reloj. Mafatu no podía permitirse perder su trampa. Se la habían roto ya dos veces, aplastando el robusto bambú y comiéndose el contenido. Era obra de un tiburón o de un pulpo. Eso era seguro. Ningún otro pez era bastante fuerte para romper el bambú.

La boca de Mafatu dibujaba una línea dura mientras trabajaba en su cuchillo. Ese viejo estúpido, ¡sin duda *él* era el ladrón! Mafatu había llegado a reconocerle; porque cada día, cuando el muchacho salía con su trampa, ese tiburón, más grande que todos los demás, estaba dando vueltas alrededor, cauteloso y atento. Los otros tiburones parecían tratarle con deferencia.

Sólo el hambre impulsaba a Mafatu a salir al arrecife a colocar su trampa. Sabía que si tenía que mantenerse fuerte para cumplir todo lo que se proponía, tenía que añadir pescado a su dieta de fruta. Pero a menudo, cuando se alejaba para colocar la trampa junto a los arrecifes el tiburón se acercaba, daba una vuelta rápida como de paso y la fría mirada de sus ojos llenaba a Mafatu de terror.

—¡Espera! —amenazó el muchacho con el puño levantado hacia el *ma'o*—. ¡Espera hasta que tenga mi cuchillo! No serás tan bravucón entonces, Ma'o. Te irás corriendo cuando lo veas brillar.

Pero la mañana que terminó su cuchillo, Mafatu no se sintió tan valiente como le hubiera gustado. Esperaba no ver nunca más al pez. Mientras avanzaba hacia el arrecife, miraba hacia abajo de vez en cuando, al cuchillo de larga hoja que llevaba colgado al cuello con una cuerda de sena. Después de todo no era un arma tan formidable. Era sólo un cuchillo hecho por un muchacho de una costilla de ballena.

Uri se sentó al borde de la balsa, olfateando el viento. Mafatu siempre llevaba a su perro, porque Uri aullaba desaforadamente si se le dejaba atrás. Y Mafatu había llegado a depender de la compañía del perro amarillo. El muchacho hablaba con el animal como si fuera otra persona, consultándole, razonando, o jugando cuando había tiempo para jugar. Los dos estaban muy unidos.

Esta mañana, al aproximarse al lugar donde estaba sujeta la nasa, Mafatu vio el lustroso dorsal del odiado tiburón dando vueltas lentamente en el agua. Era como un triángulo de basalto negro que hacía un surco en el agua al pasar.

—¡*Aiá*, Ma'o! —gritó el muchacho rudamente, intentando darse ánimos—. ¡Hoy tengo mi cuchillo, mira! ¡Cobarde, que robas trampas! ¡Coge tu propio pescado!

El tiburón se acercó a la balsa sin prisa; dio una vuelta descuidadamente y sus fauces abiertas parecían curvarse en una sonrisa burlona. Uri corrió al borde de la balsa ladrando furiosamente; los pelos del pescuezo estaban de punta, formando una cadena erizada. El tiburón se apartó indiferente. Después, con un latigazo de su poderosa cola, se abalanzó sobre la nasa de bambú y la agarró con la boca. Mafatu había enmudecido. El tiburón sacudió la trampa como un terrier podría sacudir a una rata. El muchacho lo observaba fascinado, incapaz de hacer un solo movimiento. Vio el trabajo de los músculos en la cabeza del animal cuando la gran cola golpeó el agua con furia. La trampa saltó en pedazos, mientras los peces que había dentro escapaban para desaparecer en la boca del tiburón. Mafatu sentía crecer una rabia impotente. Había pasado tantas horas haciendo esa trampa... Pero lo único que podía hacer era amenazar a gritos a su enemigo.

Uri corría de un lado a otro de la balsa, furioso y excitado. Una gran ola cubrió el arrecife. En ese momento un salto del perro añadió peso y la balsa se inclinó peligrosamente. Con un gañido desvalido, Uri resbaló al agua. Mafatu saltó para cogerle, pero era demasiado tarde.

Al instante, el tiburón golpeó otra vez. La ola hizo girar la balsa. Uri, nadando frenéticamente, intentó volver a ella. Había desesperación en los ojos pardos, los ojos desconcertados y fieles. Mafatu se estiraba hacia adelante. Su perro. Su compañero... El tiburón se movía lentamente. Una enorme rabia se apoderó del muchacho. Agarró su cuchillo. Después saltó al agua con una limpia zambullida.

Mafatu salió debajo de su enemigo. El tiburón giraba de un lado a otro. Su piel áspera raspó el hombro del muchacho. En ese momento, Mafatu clavó el cuchillo. Hondo, muy hondo en la panza blanca. Fue un terrible impacto. El agua se llenó de espuma. Aturdido y jadeante, el muchacho luchaba en busca de aire y vida.

Le parecía que nunca alcanzaría la superficie. ¡*Aué*, sus pulmones iban a estallar...! Por fin sacó la cabeza del agua. Volvió la cara hacia la superficie y vio que el gran tiburón estaba dando la vuelta y profundamente hundido. La sangre fluía de la herida del vientre. Al instante surgieron formas

grises —otros tiburones que desgarraron en pedazos al gran pez herido.

Y Uri, ¿dónde estaba? Mafatu vio entonces a su perro. Uri intentaba llegar por sí mismo hasta la balsa. Cogió a su perro y le abrazó fuerte, diciéndole tonterías. Uri se desgañitaba y lamía la mejilla de su amo.

Hasta llegar a la orilla, Mafatu no se dio cuenta de lo que había hecho. Había matado al *ma'o* con sus propias manos, únicamente con un cuchillo de hueso. No podría haberlo hecho por sí mismo. El miedo le habría arrebatado toda su fuerza. Lo había hecho por Uri, su perro. Y de pronto se sintió humilde, agradecido.

Ahora la azuela estaba terminada. Así que también la canoa estaba empezando a tomar forma. Tenía quince pies de largo, tres pies de profundidad y un pie de ancho. Muchas veces, cuando trabajaba, el muchacho hacía una pausa para admirar su obra. ¡Era una bonita canoa! Qué orgulloso estaría su padre... Lástima que fuese un trabajo tan lento.

Cuando el casco estuviese hueco, tenía que ser alisado con la azuela y calafateado con goma de *artu*. Después tenía que hacerse un mástil de pukatea, recto y firme, y una vela tejida de pandanus. Y había que hacer el aparejo de sena, dura y fuerte como alambre. El trabajo se podría terminar más pronto si no hubiera tantas cosas que lo dificultaban. Por ejemplo, cada día Mafatu subía a la meseta hasta el puesto de guardia. No había dejado de hacerlo ni un día desde que había llegado a la isla. Sabía que cuando vinieran los comedores-de-hombres, lo harían de día; tendrían que luchar contra el viento dominante. Tardarían varias horas en llegar desde la Isla Humeante. Mafatu podría verles desde su puesto de vigilancia mucho antes de que llegasen. ¡Si al menos pudiese estar preparado antes de que vinieran! ¡Tenía que estarlo! Pero esa excursión diaria a la montaña le costaba un tiempo precioso. Sin eso, su canoa habría estado terminada hace días.

«Hoy no iré —pensó el muchacho cuando trabajaba con su azuela—. Tardo demasiado.»

Después suspiró y dejó la azuela. Era mejor ser precavido que sabio. Cogió su brillante lanza con su nuevo mango y se dirigió al camino que conducía a la elevada meseta. Uri saltaba delante de él, con la nariz pegada al suelo.

Aquel día, cuando Mafatu subía el accidentado camino a través de la jungla, estaba preocupado, perdido en sus pensamientos. Su mente no estaba ocupada en lo que hacía: estaba pensando en el aparejo de su canoa, planeando como podría reforzarlo aquí o tensarlo allá. Alguna intuición de peligro tuvo que hacer que se detuviera, advirtiéndole para poner cuidado. Había algo... apenas un susurro bajo el suelo. Poco más audible que el zumbido de un insecto. El muchacho se puso tenso escuchando. Uri había ido corriendo por su cuenta a la caza de algún pato salvaje. El muchacho había echado raíces, alerta. Entonces lo vio: un jabalí con la cabeza baja, los ojos enrojecidos por el odio y el destello de sus terribles colmillos.

El animal pateó el suelo de repente. Su gruñido rompió el silencio. Mafatu sintió un ciego impulso de volverse y correr. Entonces respiró hondo y gritó desafiante:

—¡*Puaaa viri*! ¡jabalí! ¡Yo, Mafatu, voy a matarte!

El animal atacó. Arrancó por encima del suelo, con espuma resbalando desde sus colmillos. El muchacho se preparó para el ataque con un empujón perfectamente medido de la lanza. El jabalí se empaló a sí mismo hasta la espalda en la punta de la lanza.

Mafatu perdió el equilibrio, cayó de cabeza dando vueltas. Rodó y rodó; se puso en pie de un salto, despavorido e indefenso. Pero el jabalí cayó y tras una convulsión quedó quieto.

Mafatu había enmudecido. ¡Había matado a un jabalí! Durante un segundo no pudo entender la sorprendente verdad. Después saltó en el aire alocadamente, gritando:

—¡*Aué, te aué*! ¡He matado al *puaa*! ¿Me oyes, Tavana Nui? ¡Yo, tu hijo, he matado un jabalí!

Uri salió de la jungla dando saltos y ladrando hasta desgañitarse a la vista del cerdo.

—¡Menudo perro eres tú! —bromeó Mafatu—. ¿Dónde estabas cuando te necesité? Por ahí cazando mariposas, ¿no? ¿Para esto te salvé de los dientes del *ma'o*? No te voy a dar ni un bocado de *puaa*.

Uri dejó caer la cabeza y el rabo, pero se animó en seguida cuando Mafatu dijo riendo alegremente:

—Ven aquí, tonto; lleva tu parte.

El muchacho hizo un tosco trineo de bambú y cargó en él al pesado animal. Después ató una fuerte liana al cuello de Uri y el perro se lanzó a fondo en la tarea. Lo dos entraron triunfalmente en casa con su carga, Mafatu cantando a pleno pulmón una canción de guerra y sangre. Ahora se sentía un completo polinesio, lleno de la antigua ferocidad de su raza. La victoria corría por sus venas como fuego. ¡No había nada a lo que él no se atreviese! ¡No le temía a nada! ¡*Aiá*, qué buena era la vida!

Cuando llegaron al campamento, Mafatu preparó un estupendo fuego y puso a calentar un montón de piedras. Mientras las piedras se calentaban, el muchacho limpió el cerdo al borde del agua, después llenó la barriga vacía con hojas carnosas de *ti* y plátanos rojos. Cuando al fin las piedras del horno estuvieron blancas y humeantes, Mafatu arrastró otra vez el cerdo hasta el fuego y lo hizo dar vueltas encima del *umu* caliente. Después lo cubrió con capas y capas de hojas de plátano —docenas de ellas— para mantener el vapor y permitir que el puerco se asara lentamente. Uri saltaba alrededor olfateando los deliciosos olores y ladrando encantado. ¡*Cerdo!* ¡Qué bien sabría, después de semanas de pescado, pescado y pescado! Además, el pescado no era bueno para los perros. Tenía demasiadas espinas. Kivi, que no comía carne, miraba tranquilamente, como

preguntándose qué era todo aquel alboroto; el pájaro estaba contento con un coco que Mafatu partió para él y así pudo unirse al festín.

A Mafatu se le hacía la boca agua por anticipado. Pero incluso cuando se instaló para esperar el banquete, sus manos estaban ocupadas: el sol hacía brillar con fuerza los colmillos curvados que él estaba transformando en un collar. Casi formaban un círculo completo y eran tan blancos como coral blanqueado. *¡Aué!* ¡Cómo parlotearían los hombres cuando vieran este estupendo collar! Ni el del abuelo había sido mejor.

Era un cuadro extraño en aquella playa solitaria bajo las palmeras: un cerdo asándose al fuego; un muchacho delgado, moreno y fuerte haciendo un collar de dientes de jabalí; un perro amarillo haciendo cabriolas; y un calmoso albatros de anchas alas picoteando un coco.

Mafatu deslizó el collar por su garganta y pudo sentir claramente su magia cargándole de fuerza. Quitó las piedras del *umu* y descubrió el cerdo, dorado, brillante, listo para empezar. El rico jugo corría en pequeños regueros por sus costados. Y cuando Mafatu comió, en su mente había sólo un pensamiento, que incluso ensombrecía la alegría de esta extraña fiesta: pronto, muy pronto, estaría dispuesto. Había matado al *ma'o*. Y también al *puaa*. Su canoa pronto estaría terminada. Y entonces, ¡entonces volvería a Hikueru!

La canoa estaba acabada.

Mafatu sujetó con manos temblorosas el bote de duro *purau*. La vela tejida estaba completa y preparada; el aparejo fuerte como alambre. ¡Todo estaba terminado! El muchacho apenas podía esperar a poner su embarcación en el agua.

Colocó troncos bajo la proa curvada y dio impulso con un empujón. La canoa se movió hacia adelante, repentinamente viva. Otro empujón y la embarcación se deslizó en la laguna. Y allí flotaba con ligereza, tan fácilmente como una gaviota suspendida en el aire. Mafatu retrocedió y la contempló con los ojos brillantes. Le costaba creer que todas aquellas semanas de trabajo hubieran llegado a su fin. Se quedó repentinamente quieto. Alzó la cabeza y ofreció la plegaria que se decía en Hikueru cuando un barco era echado al mar:

> *¡Taaroa, el poderoso!*
> *Gracias a ti*
> *He llevado a cabo esta tarea*
> *Guíala en tu retorno*
> *A buen puerto*
> *¡Taaroa, e!*

El muchacho saltó a la popa, cogió la pagaya e izó la vela. Uri saltó a la proa, desgañitándose de puro contento. Kivi volaba por encima de ellos con las alas extendidas. La brisa atrapaba la vela y la hinchaba en una curva perfecta. El bote se inclinaba en un ángulo agudo y avanzaba a toda velocidad hacia el lejano arrecife. La espuma retrocedía volando desde la proa y el corazón de Mafatu latía con fuerza. Soltó la escota, enrolló la cuerda de sena alrededor de su pie y agarró la pagaya con ambas manos. Estaba orgulloso de su canoa. Nunca había sido tan feliz como en aquel momento.

Al acercarse al negro arrecife, la canoa pasó rozándolo en una amplia y veloz curva. Era al atardecer y el sol se ponía ya con una gloriosa llamarada, pero el muchacho se resistía a volver. Sabía que esa mañana debería haber subido al puesto de vigilancia. Era el primer día que descuidaba esa obligación. Pero la tentación de rematar su canoa había sido demasiado grande. Mañana al amanecer subiría a la meseta por última vez. Y después, ¡después Hikueru!

Cuando la pequeña embarcación se fue acercando a la barrera del arrecife, el estruendo de las rompientes aumentó en volumen hasta ser un sonido abrumador. Olas nacidas muy lejos, al Sur, en los campos de hielo del Antártico —la cuna de todas las olas—, se rompían sobre esta muralla de coral. Se formaban muy lejos y embestían el arrecife: caballos de mar con sueltas crines de espuma. Las rompientes se alzaban hacia el cielo y por encima de su bruma las gaviotas bajaban como flechas. El clamor del arrecife ya no inquietaba a Mafatu; había vivido demasiado cerca de él todas aquellas semanas. Aquí fuera, a una media milla de la orilla, separado de la seguridad de la tierra firme, llegó a creer que por fin había acordado una tregua con Moana, el Dios del Mar. Su destreza contra el poder del océano.

El muchacho rodeó el borde del arrecife, bajó la vela y dejó caer por la borda el trozo de coral que servía de ancla. Después cogió su sedal y cebó el anzuelo con un pedazo de carne de cangrejo. Quería disfrutar al máximo de esa nueva sensación de confianza en sí mismo, esa libertad de la amenaza del mar. Miró atrás a tierra con cariño, pero sin impaciencia. El alto pico de color púrpura se destacaba sombrío contra el cielo a la luz de la tarde. Los valles estaban cubiertos de misteriosas sombras. Todas estas semanas había vivido unido a esta isla y estaba agradecido por su generosidad. Pero él había nacido en un atolón —una isla baja— y había pasado toda su vida entre la amplitud del mar abierto y las palmeras movidas por el viento. Había algo oscuro y opresivo en esta isla alta. El arrecife era una parte de su patrimonio. Y el mar, por fin, era su elemento tanto como la tierra.

El comprobarlo le inundaba con una cálida oleada de satisfacción. Bajó el sedal, lo sujetó a mitad de la bancada y miró hacia abajo, a las limpias aguas. Vio materializarse un bacalao rojo, colgado a la sombra de la canoa, inmóvil salvo por el ligero movimiento de sus branquias. Con un rápido golpe de cola, desapareció.

¡Qué fantástico era el mundo submarino! El muchacho

vio corales como cuernos ramificados de venados, tan grandes como árboles, entre los que flotaban medusas como una película de niebla. Vio bancos de diminutos peces, puntas de flecha en miniatura —todo él apenas más grande que la mano de un niño—. Un congrio sacó su fea cabeza de una sombría cueva.

Aquí, junto a la pared del arrecife, estaba suspendida la nasa de bambú de Mafatu; antes de volver a la orilla tendría que vaciarla. Desde que había matado al tiburón, no había tenido más molestias y cada día había recogido una buena provisión de mújol, cangrejos o langostas. Aquí la pared de coral vivo descendía hasta el fondo de la laguna. Sus lados estaban perforados con cuevas oscuras y misteriosas que el muchacho no deseaba explorar. Mucho más abajo, quizá cuarenta pies, el suelo arenoso de la laguna se veía claro y verde a la luz moteada. Un pez loro salió de la penumbra, mordisqueó el cebo de Mafatu y después desapareció.

—¡*Aué*! Esos peces tienen que estar bien alimentados. Mi trozo de carne de cangrejo no les tienta.

El muchacho decidió dejarlo y contentarse con el pescado de la nasa. Se inclinó sobre la borda y la sacó del agua. Por las rendijas de la cesta pudo ver tres langostas, gordas y de color azul verdoso. ¡Qué suerte! Pero cuando arrastraba la pesada trampa húmeda por encima de la borda, la cuerda de fibra que sujetaba el cuchillo alrededor de su cuello se enganchó en uno de los extremos del bambú. La nasa se soltó, la cuerda se rompió y el cuchillo cayó al agua.

El muchacho lo vio caer consternado. Daba vueltas rápidamente, reflejando la luz del sol mientras bajaba, hasta llegar al fondo arenoso. Y allí se quedó bajo el borde de un coral remificado. Mafatu lo miró indeciso. Su cuchillo, el cuchillo que tanto le había costado tallar... Sabía lo que debía hacer: debería saltar y recuperarlo. Hacer otro cuchillo tan bueno le costaría varios días. Sin él estaría prácticamente indefenso. ¡Tenía que recuperar su cuchillo! Pero...

La pared del arrecife era oscura y peligrosa a la tenue luz. Sus negros agujeros ocultaban al *feké* gigante —el pulpo...—. El muchacho retrocedió presa del pánico. Nunca había saltado a un sitio tan profundo. Incluso podía ser más profundo de lo que él pensaba, porque la claridad del agua hacía confusas las distancias. El cuchillo parecía muy cerca y sin embargo... Allí estaba, con un brillo pálido.

El muchacho lo miraba ansiosamente. Recordó la mañana en que había encontrado el esqueleto de la ballena; el primero que veía en su vida. Seguramente Maui, Dios de los Pescadores, había enviado a la ballena a morir allí para ser utilizada por Mafatu. Haciendo el cuchillo había pasado largas horas... También había salvado la vida de Uri. Y ahora Uri, en la proa de la canoa, miraba a su amo con ojos desconcertados y fieles.

Mafatu respiró profundamente. ¿Cómo iba a perder su

cuchillo? ¿Pensaría Maui (la idea le daba escalofríos) que él era un cobarde? ¿Era aún Mafatu el Muchacho-Que-Te-nía-Miedo?

Se puso en pie de un salto y dio un fuerte tirón a su *pareu*. Después se metió en el agua. Durante un momento se sujetó en la borda, respirando hondo. Aspiró y luego lanzó el aire lentamente, preparando sus pulmones para la presión de las profundidades. Había visto hacerlo muchas veces a los pescadores de perlas. En la canoa había un pesado coral atado a una cuerda de sena. Mafatu lo cogió y sujetó la cuerda en los dedos de los pies. Tomó aire una vez más y descendió de pie, dejando que el peso le arrastrara hacia abajo. A unos veinte pies soltó el peso, se dio vuelta y nadó hasta el fondo.

Aquí el agua era fresca y verde. La luz del sol se filtraba desde arriba en bandas largas y oblicuas. Peces de colores flotaban delante de él. Vio una *pahua* gigante, una concha de almeja, de cinco pies de ancho y más alta que él: sus labios abiertos esperaban cerrarse de golpe sobre un pez o un hombre. Verdes frondas se movían suavemente, como agitadas por algún viento submarino. Una sombra se movió por encima de la cabeza del muchacho y él miró hacia arriba alarmado: sólo era un tiburón de arena circulando inocentemente... Una anguila, semejante a una fría cinta ondeante, le tocó en la pierna y se fue.

Allí estaba el cuchillo, afilado y brillante. Ahora las manos del muchacho estaban sobre él. Lo cogió y saltó hacia la luz.

En ese momento, una caverna a su espalda soltó un latigazo: una tralla como una larga manguera de goma. El muchacho vislumbró las ventosas que se alineaban bajo su superficie. Le invadió el pánico. ¡El *feké* —el pulpo—. Otro látigo le sacudió y rodeó su cintura. Se tensó. Después el pulpo salió de su guarida para enfrentarse a su presa y matarla.

Mafatu vio un cuerpo como un globo violáceo y unos ojos siniestros y fijos como la muerte; una boca de loro, cruel y picuda, que se movía y estiraba... Otro trallazo rodeó la pierna del muchacho. El cuchillo... Desesperadamente, Mafatu dirigió una puñalada a uno de los ojos. La oscuridad empañó el agua entonces, cuando el pulpo lanzó su veneno. Allí, en la penumbra del fondo del mar, un muchacho luchaba por su vida con el monstruo más temido de las profundidades. Sentía la presión absorbente de aquellos terribles tentáculos. Apenas le quedaba aire.

Mafatu clavó de nuevo el cuchillo, a ciegas, buscando ahora el otro ojo. El golpe, lanzado con furia, dio en el blanco. La terrible presión se aflojó, los tentáculos se debilitaron. Entonces Mafatu saltó hacia arriba, arriba, hacia la luz, el aire y la vida.

Cuando llegó a la canoa, apenas le quedaba fuerza suficiente para agarrarse a la borda. Pero se colgó de ella y recobró el aliento entre violentos jadeos. Uri, a su lado, corría de un lado a otro de la canoa, llorando lastimosamente. Lentamente, la fuerza volvió a los miembros del muchacho, el calor a su alma helada.

Se arrastró hasta dentro de la canoa y se dejó caer en el suelo. Se quedó allí tendido, como en trance, durante un tiempo que le pareció eterno.

El sol se había puesto. Desde la superficie del mar nacía el crepúsculo. Mafatu se esforzó por ponerse de pie y miró con precaución por encima del borde de la canoa. El agua negra de tinta se había aclarado. Allí abajo, a cuarenta pies de profundidad, yacía el pulpo como una abatida sombra. Las blancas ventosas de sus tentáculos lanzaban apagados destellos en la penumbra del agua. Con el sedal y el anzuelo, el muchacho izó el cuerpo del *feké*. Cuando lo arrastró dentro de la canoa, uno de los tentáculos rozó su tobillo. Su tacto era pegajoso y mortalmente frío. Mafatu se estremeció y retrocedió. Había comido calamar y pulpo pequeño desde que había nacido, pero sabía que no podría probar un bocado de este monstruo. Levantó su lanza y la hundió una y otra vez en el cuerpo de su enemigo, gritando muy alto un himno triunfal. La herencia guerrera de mil años sonaba en su grito.

¡Una vez más Maui le había protegido! ¿Qué haría con el *feké*? El muchacho decidió que cortaría los tentáculos; se secarían y reducirían, pero aún así serían de prodigioso tamaño, y la gente de Hikueru diría: «Mirad, Mafatu mató al *feké* sin ayuda de nadie, ¡*Aué te aué*!».

Casi en un instante, el crepúsculo se convirtió en noche. Cuando Mafatu volvió la proa de su canoa hacia la orilla, las primeras estrellas habían aparecido, brillantes, cercanas y amistosas. La Cruz del Sur estaba allí, apuntando hacia el fin del mundo... La laguna era un espejo negro empolvado con el brillo de las estrellas. Muy abajo, en las oscuras aguas, los peces iluminados se movían y semejaban meteoros, galaxias y constelaciones bajo el agua. El muchacho vio una raya de luz, estrecha como la hoja de un cuchillo, cuando la extraña *pala* brilló al pasar en su eterna búsqueda. Un tiburón de arena, fantasma fosforescente, salió disparado detrás de la *pala*: la cogió en un remolino de luminosa niebla. La niebla fue tiñéndose de sangre lentamente. Misteriosas fuerzas vitales completaban su ciclo en las oscuras y profundas aguas, igual que en la tierra o en el aire. Este mar no era más temible que la tierra o el aire: sólo era otro elemento a conquistar por el hombre. Y él, Mafatu, había matado al feké. ¡*Aué te aué*!

Cuando hundía la pagaya con un ritmo oscilante, el ritmo de sus pensamientos se mecía al unísono: «¡Mañana iré a casa! ¡Mañana, mañana! ¡*Aiá*!».

Sólo el pensarlo le hacía temblar: «¡Mañana, mañana!». Había estado tanto tiempo aquí...

Arrastró la canoa hasta la playa, colocó troncos bajo la proa para poder echarla fácilmente al mar por la mañana.

Ya nunca necesitaría subir otra vez a la alta meseta hasta el puesto de vigilancia. ¡Que vinieran cuando quisieran los comedores-de-hombres!

Mientras Mafatu esperaba a que su cena estuviese lista, se dispuso a preparar el viaje a casa; saldría al amanecer con la marea baja. Estaría dispuesto. Llenó de agua fresca recipientes de bambú, los tapó con hojas que estaban engomadas, impermeabilizadas y seguras. Después los metió con cuidado en la canoa. Preparó un *poi* de plátanos y los guardó igualmente en contenedores; allí fermentarían y se agriarían, adquiriendo un sabor delicioso. Después escogió una veintena o más de cocos verdes para beber y los echó en la canoa. Y mientras andaba por la playa de acá para allá y su cena humeaba en el fuego, un solo pensamiento resonaba en el corazón del muchacho, como el insistente golpear de un tambor: «¡Mañana me iré a casa! ¡Mañana, mañana!».

Nunca más tendría que agachar la cabeza ante su gente. Había luchado contra el mar por su vida y había ganado. Había subsistido por su propio ingenio y habilidad. Se había enfrentado a la soledad, el peligro y la muerte, no sin pestañear, pero al menos con valor. Algunas veces había tenido mucho miedo, pero había hecho frente al temor y lo había dominado. Seguramente eso podía llamarse valor.

Cuando esa noche se echó a dormir, su corazón se sentía profundamente agradecido:

—Tavana Nui —susurró—, padre, quiero que estés orgulloso de mí...

Y cayó en un sueño pesado.

Antes del amanecer le despertó un sonido de resonancia contenida, como el golpeteo de un tambor sobrenatural. ¡Bam-bam BAM! ¡Bam-bam BAM! Se elevaba sobre el estruendo del arrecife, solemne y mayestático, llenando la noche de fragor.

Mafatu se despertó al instante, escuchó con todos sus

sentidos y se sentó en las esteras. A lo lejos, en el arrecife, el estallido del mar levantaba blancos fantasmas a la luz de la luna. Allí estaba de nuevo: ¡Bam-bam BAM! ¡Bam-bam BAM! Constante como un pulso, golpeando en el corazón de la oscuridad...

Y entonces Mafatu lo supo. Los comedores-de-hombres habían venido.

5. La vuelta a casa

Un sudor helado cubrió el cuerpo de Mafatu. Estaba en cuclillas escuchando, incapaz por el momento de hacer un solo movimiento. El rítmico mensaje que retumbaba a través de las montañas, era para él un mensaje de muerte. ¡Bam-bam BAM! ¡Bam-bam BAM! Le destrozaba los nervios, le ponía los pelos de punta.

Cautelosamente, moviéndose con suma precaución, Mafatu se arrastró fuera de la casa. La playa brillaba suavemente a la luz de la luna. Podría haber visto en seguida cualquier figura que se moviese por la playa. Se paró, cada nervio tenso como un alambre: la playa estaba desierta, la jungla silenciosa y negra. El muchacho se puso de pie. Veloz como una sombra se dirigió a la maleza de donde partía el camino hacia la alta meseta. La jungla nunca había parecido tan oscura, tan peligrosa. Las tortuosas raíces de los árboles de *mapé* le agarraban. Las lianas se trababan en los pies. Los grandes helechos, fantasmales a la media luz, susurraban a su alrededor cuando pasaba, y su muda quietud parecía decir: «Todavía no, Mafatu, todavía no...».

Cuando alcanzó la meseta estaba sin aliento, jadeante se dejó caer de rodillas y gateó avanzando una pulgada o dos cada vez. Un falso movimiento podía significar la destrucción. Pero él tenía que saber, tenía que saber...

¡Bam-bam BAM!

El sonido mesurado se fue haciendo más alto a cada pulgada que avanzaba. Ahora martilleaba en sus oídos, retumbaba en todo su cuerpo, rascaba sus nervios. Abajo en la oscuridad, en alguna parte, unas manos negras hacían salir de troncos vacíos un ritmo que era un resumen de la vida, un testamento de muerte. Uri se arrastraba muy cerca, al lado de su amo, con los pelos del pescuezo levantados, y sus gruñidos ahogados por el estrépito.

Ahora el muchacho podía ver el círculo talado en el Lugar Sagrado. Las hogueras iluminaban una escena que se grabó para siempre en su memoria. Las hogueras ardían junto a los escalones de basalto, las llamaradas saltaban y bailaban, chaparrones de chispas volaban arrastradas por el viento de la noche. Ahora un canto profundo y salvaje se elevó por encima del golpeteo de los tambores. Desde su ventajosa posición Mafatu vio seis canoas de guerra en la playa. Eran fuertes canoas, con proas muy curvadas y decoradas con conchas blancas que reflejaban la luz del fuego componiendo dibujos extraños. Pero lo que atraía la mirada del muchacho y le aterrorizaba eran las figuras, saltando alrededor de las llamas: figuras tan negras como el mismo rostro de la noche, que se movían, saltaban y se agitaban hacia el cielo. Los comedores-de-hombres... La luz del fuego se reflejaba en sus cuerpos aceitosos, en las brillantes

lanzas y los adornos llamativos. El toque de tambores no ocultaba la nota lúgubre de las caracolas, un horripilante gemido, como de voces de almas perdidas en el espacio interestelar.

Mafatu vio que los salvajes estaban armados con garrotes de guerra de jabí, garrotes tachonados con dientes de tiburón o con lengüetas de púas de pasticana. Los cuerpos estaban veteados por pinturas en zig-zag. Y encima de todo ello, el gran ídolo de piedra miraba la escena con sus ojos ciegos, igual que había mirado durante incalculables siglos.

Mafatu, echado en un saliente de basalto, observaba la extraña escena, incapaz de moverse, y sintiendo que la muerte misma respiraba frío sobre su cuello. Retrocedió desde el saliente del acantilado. ¡Tenía que huir! En ese mismo momento oyó un crujido en la maleza, a menos de veinte yardas. Un grito gutural rasgó la oscuridad. El muchacho lanzó una mirada desesperada sobre su hombro. Cuatro figuras negras corrían hacia él a través de la jungla; ahora podía verles.

Se volvió y corrió ciegamente hacia el sendero por el que había venido. Resbalaba; se deslizaba y tropezaba, y apenas podía respirar. Se sentía como un hombre ahogándose en agua helada. Como se sentía algunas veces en sueños, huyendo con las piernas pesadas. Sólo un pensamiento le infundía valor mientras corría: su canoa, dispuesta y esperando. Su canoa. Si al menos pudiese llegar a ella, empujarla al agua antes de que los salvajes le alcanzasen. Entonces estaría a salvo...

Conocía este camino como la palma de su mano. Ese conocimiento le dio ventaja. Podía oír a sus perseguidores resbalando y tropezando con la maleza, gritando amenazas en una lengua extraña a sus oídos. Pero podía entender lo que significaban sus palabras.

El muchacho seguía corriendo, veloz como un animal. Espinos y sarmientos le enganchaban. Una vez tropezó y cayó de cabeza, pero en un instante se levantó y corrió otra vez. A través de los árboles vislumbró la blanca playa y su corazón renació. Después corrió a través de ella, con Uri en sus talones.

La canoa estaba al borde de la laguna. El muchacho cayó sobre la bancada y metió la embarcación en el agua. Los troncos bajo la proa rodaban fácilmente. En ese momento, los hombres negros, chillando furiosamente, salieron de la jungla y corrieron por la playa. Mafatu no perdió ni un minuto. Saltó a bordo y desplegó la vela. Los salvajes se precipitaron detrás de él en el bajío. Una ráfaga de viento hinchaba la vela, que se curvaba con elegancia. Ahora los hombres le seguían nadando. Uno de ellos, a la cabeza, llegó a agarrarse del bote. Su mano negra se aferraba al mástil del *purau*. La canoa redujo la velocidad. Mafatu podía ver el brillo de los blancos dientes. El muchacho levantó el remo y golpeó... El hombre soltó un gemido y cayó al agua. La canoa, libre, volaba sobre el agua hacia la barrera del arrecife.

Los salvajes se detuvieron y regresaron a la orilla. Después volvieron corriendo al camino que atravesaba la isla, gritando a sus compañeros mientras corrían. Mafatu sabía que era sólo cuestión de minutos que toda la tribu estuviese alertada y persiguiéndole. Pero tenía la ventaja de ir en cabeza y con una embarcación ligera, mientras que sus canoas tendrían que rodear la punta sur de la isla antes de poder alcanzarle. Si le ayudase la brisa... Mafatu recordó entonces que las canoas que había visto en la playa no eran a vela. Eran brazos fuertes los que impulsaban esas canoas negras, que le alcanzarían si pudieran.

La canoa de Mafatu, tan fina y ligera, volaba como un céfiro a través de la laguna. La marea estaba bajando y le empujaba en su carrera por el pasaje hacia el océano abierto. El muchacho agarró el remo de dirección y musitó una plegaria. Después se encontró dentro de la corriente. La embarcación se precipitó por el pasaje como una astilla en un torrente. El viento del mar abierto se apresuró a saludarla. La vela se infló; la embarcación escoró. Mafatu gateó a barlovento para poner su peso como lastre. ¡Estaba fuera! Iba a casa, a casa...

Pronto, por encima del estruendo del arrecife, el muchacho pudo oír el sonido apagado de un canto salvaje. ¡Estaban detrás de él!

Miró atrás por encima del hombro y vio las oscuras formas de las canoas que daban la vuelta al promontorio sur. La luz de la luna brillaba en medio centenar de remos cuando se sumergían y se levantaban al ritmo del canto. Estaba demasiado oscuro para ver a los comedores-de-hombres mismos, pero su salvaje canción era incluso más furiosa según avanzaban.

La brisa había amainado a popa. La vela estaba suavemente hinchada y tensa, rígida como un bloque de plata contra el cielo. La pequeña canoa, construida tan ingeniosamente, corría con el oleaje y viento favorable. Era tan veloz y grácil como las gaviotas que la seguían. Pero los comedores-de-hombres eran fuertes remeros con la muerte en sus corazones. Su *motu tabu* había sido profanado por un extranjero. La venganza impulsaba sus músculos. Eran incansables. Continuaron persiguiéndole.

El viento disminuía. Imperceptiblemente al principio. Al darse cuenta, Mafatu llamó desesperadamente a Maui:

—¡Maui *é*! No me abandones —rogó—. Una última vez, préstame tu ayuda.

Las negras canoas estaban ya tan cerca que el muchacho podía ver el brillo de cuerpos oscuros, el fulgor de dientes y el destello de los adornos. Si el viento cesaba, estaba perdido... Las canoas se acercaban más y más. Eran seis y en cada una iban diez guerreros. Algunos de ellos saltaban blandiendo sus garrotes, sus gritos llegaban hasta el muchacho a través del agua. Era una visión que haría flaquear al

corazón más templado. A cada segundo que pasaba, la distancia que separaba sus canoas de la de Mafatu se acortaba.

Entonces se levantó un viento fresco. Sólo una ráfaga, pero suficiente. Bajo su impulso la pequeña canoa salió lanzada hacia adelante, mientras el corazón del muchacho se inundaba de agradecimiento. Maui había oído su plegaria y respondía.

Amanecía sobre el ancho Pacífico.

Allí estaban las seis canoas negras con sus relucientes remos, unas veces adelantando, otras quedando atrás. El muchacho empleaba cada una de las artimañas que conocía para navegar. Mientras el viento continuara, estaba a salvo. Dirigía su pequeña nave a la perfección, sacando de ella toda la velocidad posible en la carrera.

Sabía que al llegar la noche el viento podía cesar, y entonces... Forzó a ese pensamiento a alejarse de su mente. Si el viento le abandonaba significaría que también Maui le abandonaba. ¡Pero los salvajes no le cogerían nunca! Sería el turno de Moana, el Dios del Mar. El muchacho miró hacia abajo, a las azules profundidades y sonrió torvamente.

—Todavía no, Moana —murmuró con rabia—. No has ganado. Todavía no.

Pero al caer la noche el viento continuó. La oscuridad se alzó desde el mar y envolvió el mundo. Las estrellas aparecieron claras y brillantes. Entre ellas, el muchacho buscó alguna constelación que le sirviera de guía. ¿Sería aquella *Mata Iki* — Ojos Pequeños? ¿Le llevaría *Mata Iki* sano y salvo de regreso a Hikueru? Y entonces la vio y la reconoció: allí estaban, resplandecientes, las tres estrellas del Anzuelo de Maui. Maui —su señal—. Estas eran sus estrellas, las que le guiarían a casa. En ese momento él fue consciente de que el canto de sus perseguidores se iba haciendo más débil, disminuía constantemente. Al principio no podía creerlo. Escuchó intensamente. Sí, no cabía duda: cuando la brisa refrescó, el sonido se hacía más débil a cada momento que pasaba.

El muchacho apagó su sed, comió un trozo de *poi*, luchó contra el sueño cuando la noche avanzaba.

Al romper el día el canto había cesado por completo. No había ninguna señal de las canoas en la vasta extensión del mar. El sol avanzaba en su carrera a través de las oscilantes aguas. A lo lejos, un albatros prendió en sus alas la luz dorada. ¿Era Kivi? Mafatu no podría asegurarlo. El viento se mantenía fresco y agradable. La elevada isla había desaparecido sobre la curva del mar y los comedores-de-hombres habían desaparecido con ella. Pero ahora, la corriente del gran océano, que había arrastrado tan fácilmente a Mafatu desde Hikueru, estaba en contra suya.

Puso su pequeña embarcación primero en una dirección y después en otra. Pasaron largas horas y parecía que no hacía el menor progreso, aún cuando la canoa hendía el agua con rapidez. Había una fuerza que arrastraba o empujaba haciendo que pareciese imposible cualquier avance. ¿Era quizá Moana, el implacable, que pretendía impedir a Mafatu el regreso a su país?

—Quizá —pensó el muchacho fatigado— Maui no está aún conforme con mi vuelta. ¿Hay todavía una sombra de temor en mi corazón? ¿Es eso?

Ahora sentía cansancio en cada uno de sus nervios y tendones, cansancio en la médula de sus huesos, cansancio de tanto luchar.

Las horas pasaban lentamente mientras el sol se elevaba. Mafatu sujetó el remo de dirección y durmió a rachas. Uri estaba echado a la sombra la vela. El sol se hundió en un horizonte llameante como el fin de un mundo. La noche llegó y se fue. El amanecer se alzó en una explosión de fuego y todavía la canoa de Mafatu cruzaba las corrientes del mar, bien en una dirección, bien en otra.

En los días siguientes iba a saber lo que era que todos los días, todas las horas, fuera así: horas de calor explosivo a la apabullante luz del sol; noches de respiro irregulares y de sueño inquieto. Solamente el mar y el cielo, el cielo y el mar. Un pájaro de vez en cuanto, un pez saltando desde el mar, un chico en una frágil canoa. Eso era todo.

Un día tras otro, Mafatu escudriñaba los cielos en busca de algún indicio de lluvia. Una tormenta, cualquier cosa hubiera sido un alivio bienvenido a esta ardiente monotonía, a este círculo sin límites del mar. Su provisión de *poi* se acabó. Los cocos también. Estaba reservando el agua, gota a gota, pero llegaría el momento de beber la última gota, y entonces...

La estación de las tormentas había pasado. Los días amanecían sin nubes y en calma. Cada día se abría como un trueno y la noche caía suavemente como una pisada. El mar era brillante y benigno. Los rayos del sol caían violenta e ininterrumpidamente. Por la noche, el Anzuelo de Maui guiñaba como los ojos de un amigo, atrayendo a Mafatu; y peces-antorcha subían desde las profundidades, mientras las negras aguas brillaban con extrañas luces. Entonces, cuando la canoa se metía en alguna otra corriente del mar, el viento aflojaba y disminuía gradualmente, ese viento que había soplado tanto tiempo para él. Ahora, la vela empezaba a gualdrapear. La canoa iba a la deriva en la lenta y majestuosa marea. El incesante sube y baja del oscuro seno del mar calmó al muchacho y le llevó a un reposo soñoliento; el murmullo del agua jugando en la proa sonaba como la voz tranquilizadora de su madre.

Cada vez que el sol salía parecía calentar más que el día anterior. Ahora el océano ofrecía un rostro que era un disco de cobre ardiente. Masas de algas cargadas con huevos de peces, flotaba en la perezosa marea, pareciendo agarrarse a la canoa, reteniéndola lejos de su destino. Hikueru, la Nube de Islas, ¿existían realmente? ¿No serían, como el nautilo, sólo una iridiscencia soñada por el mar? Los tiburones empezaban a aparecer —como lo hacían siempre alrededor de una embarcación detenida por falta de viento—. Un dorsal fino, más grande que los demás, seguía a la canoa paralelamente y sin prisa; lo bastante lejos para que Mafatu no pudiese ver el cuerpo al que pertenecía. Pero por el tamaño del dorsal, él sabía que tenía que ser un tiburón-tigre... Finalmente empezó a ponerle nervioso. Apenas se atrevía ahora, de noche, a dejar el remo de dirección y dormir.

La vela gualdrapeaba y golpeteaba. El muchacho remaba durante largas horas, remaba hasta que los músculos de brazos y hombros dolían y cada tendón protestaba. Y por la noche, cuando la oscuridad traía la bendita liberación del sol, allí estaba siempre el Anzuelo de Maui guiándole. Pero ahora, al mirar a la vieja constelación, la duda se clavaba duramente en su corazón. Hikueru, ¿dónde estaba? ¿Dónde estaba? El mar no le respondía.

—Maui —murmuró el muchacho—, ¿me has abandonado? ¿Has mirado en mi corazón y has encontrado tantas faltas?

Y repentinamente, como al romperse una cuerda, la desesperanza le inundó. Maui le *había* abandonado. Era el turno de Moana, el Dios del Mar. El mar era oscuro y fresco y tenía un aspecto tentador. Olas pequeñas chapoteaban y reían alrededor del casco como manos haciendo señas. Miró por la borda. Muy abajo en esas frías profundidades le parecía ver rostros... el de su madre, quizá... Se pasó la mano por los ojos. ¿Le había dejado tonto el sol? ¿O estaba lunático? Después, una oleada de furor incontrolable le hizo caer de rodillas: furor contra ese oscuro elemento, ese mar que le destruiría si podía. Su voz era espesa y ronca, la garganta estallaba de rabia.

—¡Tú, Moana, Dios del Mar! —gritó violentamente—. ¡*Tú*! Tú destruiste a mi madre. Siempre has intentado destruirme. El miedo a ti me ha robado el sueño. Pero ahora —se ahogaba; sus manos se agarraron a su garganta para detener su ardor—, ¡ahora ya no te temo, Mar!

Su voz creció en una nota salvaje. Se puso en pie de un salto, echó la cabeza atrás y extendió los brazos desafiante.

—¿Me oyes, Moana? ¡No tengo miedo de ti! Destrúyeme, pero yo me río de ti. ¿Lo oyes? *Me río.*

Su voz rota, pero triunfante, hizo añicos el aire quieto. Se cayó hacia atrás sacudido por espasmos de risa entrecortada. Sacudió su cuerpo y se echó jadeando en el suelo de la canoa. Uri, gimoteando débilmente, se arrastró al lado de su amo.

Hacia el nordeste un haz de luz se encendía desde el mar. Algunas veces la laguna de un atolón deja escapar un resplandor igual; es el reflejo de la laguna sobre el cielo. Levantando la cabeza, el muchacho lo observó con ojos apagados, sin comprender al principio.

—*Te mori* —murmuró por fin, con un hilo de temor en la voz—. El fuego de la laguna.

Hubo un rumor violento en el cielo, encima de él, un batir de poderosas alas: un albatros, bordeado de luz, volaba en círculos sobre la canoa. Bajó en picado buscando al muchacho y a su perro con sus ojos mansos. Después el pájaro se elevó con su vuelo en línea recta y desapareció en el fuego de la laguna. Entonces Mafatu lo entendió. Hikueru, su tierra, su casa, estaba delante. Kivi...

El muchacho dejó escapar un grito ahogado. Cerró los ojos con fuerza y notó un húmedo sabor a sal sobre sus labios.

La muchedumbre reunida en la playa observaba cómo la pequeña canoa se deslizaba por el pasaje del arrecife. Era una buena canoa, construida con destreza. Al principio, la gente pensó que estaba vacía. Estaban en silencio y el temor les rozaba como una mano fría. Después vieron que una cabeza se levantaba por encima de la borda y un cuerpo delgado luchaba por sostenerse sentado agarrándose a la bancada.

—¡Aué te aué!

El grito surgió de la gente como un inmenso suspiro. Como hablarían si el mar devolviese a sus muertos.

Pero el muchacho, que se lanzó por la borda en el bajío y fue tambaleándose hacia la playa era de carne y hueso, aunque enflaquecido y débil. Vieron que sobre su pecho brillaba un collar de dientes de jabalí; en la mano esgrimía una espléndida lanza. Tavani Nui, el gran jefe de Hikueru, se adelantó para saludar al extranjero. La joven y valerosa figura se detuvo y se irguió.

—Padre, he vuelto a casa —gritó Mafatu con voz ronca.

El rostro del gran jefe se transformó. Esta brava figura, tan delgada y erguida, con el magnífico collar, armado con lanza y con el valor ardiendo en sus ojos, ¿era su hijo? El hombre no podía hacer otra cosa más que mirar y mirar, como si no pudiese creer a sus sentidos. Y entonces un perro pequeño y amarillo se arrastró sobre la borda de la canoa y cayó a los pies de su amo. Uri... Y por encima de ellos un albatros prendía en sus alas una luz dorada. Entonces Tavana Nui se volvió a su pueblo y gritó:

—Aquí está mi hijo que regresa a casa desde el mar. Mafatu, Corazón Valiente. ¡Un nombre bravo para un bravo muchacho!

Mafatu se tambaleó.

—Padre, yo...

Tavana Nui sostuvo a su hijo cuando cayó.

Sucedió hace muchos años, antes de que comerciantes y misioneros llegaran a los Mares del Sur, cuando los polinesios eran todavía grandes en número y ardientes de corazón. Pero incluso hoy, la gente de Hikueru canta la historia en sus canciones y la cuenta al atardecer al amor del fuego.

Índice

OTROS TITULOS
DE LA COLECCION CUATRO VIENTOS

CV065 Alexandra
Scott O'Dell
128 págs. 8 ilustraciones de Carmen Andrada.
2ª ed.
En Florida vive una comunidad griega fiel a sus tradiciones. Los hombres de la familia Papadimitrios son los mejores pescadores de esponjas. Alexandra, la primera chica buceadora, aprende el oficio y se encuentra en una situación confusa porque hay sospechas de tráfico de drogas en la isla.

CV006. Aterrizaje en la selva
Hanns Radau
160 págs. 15 ilustraciones de Riera Rojas y Heiner Rothfuchs.
4ª ed.
El día en que cumple diecisiete años, Jochen y su padre suben a su viejo Junker. Sorprendidos por una tormenta, se ven forzados a aterrizar en condiciones muy difíciles, en la Amazonia. Ahí comienza una serie de aventuras emocionantes en la lucha por la supervivencia.

CV69. Bolas locas
Betsy Byars
128 págs. 18 ilustraciones de Javier Lobato. 2ª ed.
En el hogar adoptivo de la familia Mason, tres chicos abandonados y maltratados por la vida se sienten como las «bolas locas» de las máquinas de juego electrónicas.

CV051. El amigo oculto y los espíritus de la tarde
Concha López Narváez
PREMIO LAZARILLO 1984. LISTA DE HONOR PREMIO C.C.E.I. 1986
144 págs. 20 ilustraciones de Teo Puebla. 6ª ed.
Cuando el abuelo murió, Miguel quedó solo en Carcueña, un pueblo abandonado y escondido entre las montañas. ¿Pero estaba realmente solo Miguel? Al principio era la sensación de unos ojos clavados en su espalda, después la certeza de unos pasos...

CV27. Balada de un castellano
Isabel Molina Llorente
LISTA DE HONOR IBBY 1974
136 págs. 18 ilustraciones de Juan Alonso Días-Toledo. 7ª ed.
El escenario se sitúa en la Castilla medieval, donde se mezclan la aventura y la acción con las costumbres de aquella época. Esta obra de gran calidad literaria goza de un estilo abierto y fluido.

CV015. Boris
Jaap ter Haar
LISTA DE HONOR DEL IBBY 1978
136 págs. 15 ilustraciones de Juan García. 8ª ed.
En la ciudad de Leningrado, durante la IIª Guerra Mundial, Boris se adentra en campo enemigo, en las líneas alemanas, para buscar comida. Su encuentro con un soldado alemán es decisivo y Boris descubrirá que el verdadero enemigo es la guerra y no el hombre. Una obra ejemplar; una historia sobre la guerra que es un mensaje de paz.

NogueR

CV045. **A la busca de Marte el guerrero**
José Antonio del Cañizo
LISTA DE HONOR PREMIO C.C.E.I.
128 Págs. 35 ilustraciones de Miguel Catalayud. 3ª ed.
Una pandilla juvenil, un tanto insólita, es requerida para descubrir el paradero de los hijos de los Presidentes de Estados Unidos, Rusia y de un poderoso jeque árabe. Pero tras el secuestro se esconde la organización de Marte el Guerrero, que exige de la potencias mundiales un proyecto pacifista.

CV023. **Cita en la Cala Negra**
Josep Vallverdú
PREMIO C.C.E.I. 1982
136 págs. 14 ilustraciones de Arcadio Lobato. 4 ª ed.
Dos muchachos, Patrick y Tomás, pasan juntos sus vacaciones en la costa catalana. Un día descubren a un hombre herido dentro de una barca, y ahí comienzan las aventuras de nuestros amigos que arrastrarán con fuerza al lector hasta su desenlace final.

CV112. **Como una alondra**
Patricia MacLachlan
MEDALLA NEWBERY
96 págs. Ilustración de cubierta de Marcia Sewall. 1ª ed.
Papa y Sarah se han casado y se oyen cantos como en los felices tiempos. Pero los días son cada vez más calurosos y secos, no queda nada verde en los campos. Aquí, en el Maine, llueve casi todas las tardes — había escrito tía Mattie a Sarah. ¿Podrá la familia quedar unida, lloverá?
Siempre la autora se gana el cariño de los jóvenes lectores.
Sarah quedará en su memoria.

CV043 **El Cuento interrumpido**
Pilar Mateos
LISTA DE HONOR PREMIO C.C.E.I.
LISTA DE HONOR MEDALLA NEWBERY
128 págs. 18 ilustraciones de Teo puebla. 6 ª ed.
Virilo, pastor jubilado, se va del pueblo a la ciudad para ayudar a su hija, la madre de Nicolas. Se entablan unas entrañables relaciones entre abuelo y nieto. Nicolas lee un cuento a su abuelo, que no sabe leer. Fantasía y realidad se mezclan en esta obra de manera muy bonita, en una atmósfera de tenue humor.

CV022. **Dardo, el caballo del bosque**
Rafael Morales
PREMIO NACIONAL DE LITERATURA INFANTIL Y JUVENIL, MINISTERIO DE CULTURA
128 págs. 13 ilustraciones de Juan Manuel Cicuéndez. 8ª ed.
A través de una prosa bella y sugestiva, seguimos las emocionantes aventuras de un potrillo, de un perro y de un niño perdidos en la selva. Se canta en esta obra la lucha por la vida, se exalta la valentía y el riesgo al servicio de los afectos más nobles.

CV090 **Desaparecida**
James Duffy
142 págs. 2ª ed.
Kate sabe que ha cometido una terrible equivocación. Momentos antes, al salir de la escuela, volvía a casa dando pequeños saltos, contenta y feliz. Ahora está atrapada en el coche negro de un hombre desconocido que dice conocer a su madre… Ante el retraso anormal de su hermana, Sandy acude a la policía y se pone en marcha una investigación policial narrada con maestría.

NogueR

CV029. Fanfamús
Carmen Kurtz
LISTA DE HONOR C.C.E.I. 1983
144 págs. 27 ilustraciones de Odile Kurtz. 4ª ed.
Traducido al japonés
Fanfamús es el nombre de todos los niños que, por un motivo u otro, no llegaron a nacer. Unas veces los padres los querían y otras no. La gran ecritora, Carmen Kurtz, aborda el tema del aborto, con sensibilidad y delicadeza y está presente el habitual delicioso sentido del humor de la autora.

CV044. El fuego y el oro
Montserrat del Amo
LISTA DE HONOR PREMIO C.C.E.I.
112 págs. 15 ilustraciones de Juan Ramon Alonso Díaz-Toledo. 4ª ed.
En la feria de Villafranca se dan cita los más famosos alquimistas. Hacia allí se encamina el caballero Bernardo, con intención de probar unas monedas de oro que sus servidores han acuñado para él.

CV050. La isla amarilla
Josep Vallverdú
144 págs. 16 ilustraciones de Juan Ramón Alonso Díaz-Toledo. 3ª ed.
Tras la explosión del barco, Norbert Gilet, el contramaestre y Abel, el polizón, logran llegar a nado hasta la playa de una isla aparentemente habitada sólo por los monos.

CV001. Luna Roja y Tiempo Cálido
Herbert Kaufmann
PREMIO ALEMAI MEJOR LIBRO JUVENI. LISTA HONOR PREMIO IBBY
208 págs. 17 ilustraciones de Riera Rojas. 6 ªed.
Basado en unos personajes reales, el relato nos abre un cuadro vivo y sorprendente de la vida y costumbres de los hombres azules en las montañas del Sáhara.

CV61. El juego del pirata
Fernando Martínez Gil
PREMIO C.C.E.I. DE LITERATURA JUVENIL
144 págs. 17 ilustraciones de Juan Ramón Alonso. 2ª ed.
Las islas del Caribe evocan lejanos tiempos de aventuras, barcos piratas y tesoros. El joven Javier Diosdado vive estos tiempos entre sueño y realidad, junto a su casa, en pleno siglo XX. Aquel misterioso galeón se le aparecía en sueños todas las noches. Una novela fascinante, escrita con un estilo literario perfecto.

CV020. Landa El Valín
Carlos Mª Ydìgoras
204 págs. 11 ilustraciones de Juan Manuel Cicuéndez. 5ª ed.
«A los pequeños que se hacen grandes trabajando» — reza la dedicatoria de este libro. Y, a modo de eco, el autor describe los sombríos pozos de una mina de carbón y el duro trabajo de un niño de 12 años, que el autor mismo ha experimentado para escribir una novela. En la narración se vive la tragedia, pero es un canto de amor a la vida y la familia.

CV008. La isla de los delfines azules
Scott O'Dell
PREMIO ANDERSEN 1972
MEDALLA NEWBERRY 1961
LISTA DE HONOR DEL IBBY 1962
180 págs. 8 ilustraciones de Riera Rojas, 16ª ed.
Es la historia, real, de una muchacha india que vivió 18 años en completa soledad y tuvo que enfrentarse a incontables peligros, ocultándose de los cazadores y luchando para procurarse el alimento y no darse por vencida en su soledad.
Obra traducida a innumerables idiomas.

NogueR

CV035. El mar sigue esperando
Carlos Murciano
PREMIO NACIONAL DE LITERATURA
JUVENIL 1982.
LISTA DE HONOR PREMIO C.C.E.I.
Traducido al tailandés
112 pags. 23 ilustraciones de
Jesús Gabán 10ª ed.
Este libro que ha merecido el Premio
Nacional de Literatura Juvenil 1982,
nos cuenta la historia de un chico de
catorce años, Néstor, que vive en un
pueblo costero y al que las circuns-
tancias alejan de la orilla del mar para
vivir en una gran ciudad. Himno al
mar, magnífico estilo literario del
gran poeta y novelista.

CV007. Orzowei
Alberto Manzi
LIBRO DECLARADO DE INTERÉS
JUVENIL POR EL MINISTERIO DE
CULTURA
LISTA DE HONOR IBBY
PREMIO FLORENCIA
200 págs. 11 ilustraciones de
Riera Rojas y Mª Luisa Gioia.
11ªed.
Esta obra figura entre las mejores
novelas juveniles. La novela está
escrita con un estilo vivo, ágil y
ameno. Es apasionante para los
muchachos, porque se identifican
de lleno con el protagonista.

CV017. Perdidos en la nieve
Reidar Brodtkorb
128 págs. 8 ilustraciones de
Juan García.
4ª ed.
El frío invierno azota a Noruega, pero
no impide que el cartero Evans cumpla
cada día su labor. Cierto día, un alud
sepulta a Evans en el fondo de un
barranco. Un equipo de salvamento
se pone en marcha de inmediato
entre peripecias, que manifiestan el
espíritu de solidaridad humana.

CV012. La perla negra
Scott O'Dell
PREMIO ANDERSEN 1972
144 págs, 8 ilustraciones de
Riera Rojas.
9ª ed.
La obra discurre en la costa de la Baja
California, donde Ramón, hijo de un
pescador, pesca una ostra con una
perla negra, que pertenece al gran
Diablo Manta, de quien el niño ha
oído historias escalofriantes. A partir
del hallazgo Ramón vive numerosas
aventuras.

CV025. La piedra y el agua
Montserrat del Amo
LISTA DE HONOR DEL PREMIO
C.C.E.I. 1982
192 págs. 18 ilustraciones de Juan
Ramón Alonso Díaz-Toledo.
9ª ed.
La acción transcurre durante la
romanización de nuestro país y se
narra la dramática situación de un
muchacho en busca de su propio
futuro. Lenguaje ameno y sugestivo
de una de nuestras grandes narra-
doras, especialista en la difícil tarea
de escribir libros queridos por la ju-
ventud a partir de temas históricos.

**CV071. El problema de los
miércoles**
Laura Nathanson
160 págs. Cubierta de Fuencisla
del Amo.
2ª ed.
Los miércoles, Becky tiene cita con
el doctor Rolfman, especialista en
ortodoncia. Cada vez es más des-
agradable, extraño, terrible…
La autora, pediatra, aborda —con
discreción y delicadeza— el problema, cada día más frecuente en nuestras sociedades, del acoso sexual.

CV021. El río de los castores
Fernando Martínez Gil
PREMIO NACIONAL DE LITERATURA
JUVENIL DEL MINISTERIO DE CULTURA
128 págs. 14 ilustraciones de
Margarita Puncel, 14ª ed.
En esta ya famosa obra, el autor denuncia la contaminación de la naturaleza amenazada por el poder destructivo del hombre. Gracias a las lágrimas y al sacrificio de Moi, el pequeño castor que remonta las aguas del río para encontrar las causas de la polución, la naturaleza vuelve a revivir y triunfar y las aguas del Gran Hermano volverán a correr claras.

CV106. Raymond
Mark Geller
92 págs. Ilustración de cubierta de
Jim Spence. 2ª ed.
Es la historia de un chico de 13 años, que se ve envuelto en un conflicto familiar y sufre maltratos físicos por parte de su padre. Ésta es desgraciadamente la historia de numerosos niños y niñas. La novela esta escrita con un estilo de total autenticidad, y el interés del lector permanece constante.

CV099. Una rueda en el tejado
Meindert DeJong
180 págs. 40 ilustraciones de
Maurice Zendak, Premio Andersen
de Ilustración. 2ª ed.
PREMIO ANDERSEN
MEDALLA NEWBERY
En la pequeña aldea holandesa de Shora, no hay cigüeñas porque sus tejados son demasiado puntiagudos. Lina y sus compañeros emprenden la difícil búsqueda de una rueda que quieren colocar encima del tejado de la escuela. Una obra muy rica en acontecimientos con una muy bonita evocación de la naturaleza.

CV070. El rubí del Ganges
Manuel Alfonseca
PREMIO LAZARILLO
142 págs. 11 ilustraciones de
Juan Acosta.
2ª ed.
John, el hijo del capitán Curtis, vive con su padre en la guarnición de Lucknow (India). Le gusta perderse en la ciudad como cualquier muchacho indio y en una de sus escapadas, se ve envuelto en la revuelta india de 1857.
Una novela en la que todo lector se proyecta en uno o varios de los protagonistas, tal es la fuerza del relato y del ambiente.

CV057. Las ruinas de Numancia
Isabel Molina
PREMIO C.C.E.I. 1966
LIBRO DECLARADO DE INTERÉS
JUVENIL POR EL MINISTERIO DE
CULTURA, 1977
128 págs. 22 ilustraciones de
Juan Ramón Alonso.
4ª ed.
Un adolescente, Cayo Julio Emiliano, hijo de un noble médico de las legiones romanas, estuvo presente en el sitio de Numancia. A sus veintitrés años, se decide a contar la verdadera historia de esta ciudad.

CV002. Safari en Kamanga
Herbert Tichy
192 págs. 15 ilustraciones de
Riera Rojas y Ernst Insam.
6ªed.
Este libro de aventuras es un estupendo reportaje vivido y cuajado de anécdotas sobre el norte de Kenia, un región estepario y montañosa, gran reserva de animales salvajes.

NogueR

CV058. Sadako quiere vivir
Karl Bruckner
128 págs. 10 ilustraciones de Carmen Andrada.
4ª ed.
LISTA DE HONOR IBBY
En la mañana del 20 de julio de 1945 descendía sobre la ciudad de Hiroshima la bomba atómica que abrasó a 86.100 personas y pulverizó 6.820 casas. Este libro cuenta la historia de Sadako, la niña superviviente de la explosión, que murió diez años más tarde, enferma de leucemia. Una magnífica novela, emocionante, imprescindible para la memoria de la humanidad.
Una obra apasionante, seria, útil.

CV078. El signo del castor
Elizabeth George Speare
140 págs. 18 ilustraciones de Juan Acosta.
4ª ed.
Mat, un muchacho de trece años, sintió cierto temor cuando su padre lo dejó solo en pleno territorio indio, para ir en busca de su madre y de su hermana que habían quedado en la ciudad. Aperece Attean, un muchacho indio, que le enseña nuevos modos de vida y le aprende a comprender el pueblo de los Castores, que nunca podrán adaptarse a la vida de los hombres blancos.

CV013. Siete chicos de Australia
Ivan Southall
224 págs 10 ilustraciones de Riera Rojas
5ªed.
Siete chicos y chicas deciden explorar una cuevas en busca de pinturas rupestres. Aquel día se desencadena una gran tormenta que asola la comarca y deja a los chicos incomunicados y sin ayuda. Los múltiples peligros ponen de manifiesto su valor, ingenio y generosidad.

CV113. Stone Fox y la carrera de trineos
John Reynolds Gardiner
96 págs. 15 ilustraciones de Marcia Sewall.
2ª ed.
Para ayudar a su abuelo, el pequeño Willy, con sus diez años, quiere ser el vencedor de la carrera de trineos con su querida perra Centella, y ganar al indio Stone Fox, que nunca a perdido una carrera.
Una obra excepcional, por la calidad literaria, por la emoción y fuerza de la obra, por los valores morales que resaltan en la novela.

CV056. Taor y los tres reyes
Michel Tournier
PREMIO GONCOURT 1980
144 págs. 22 ilustraciones de Tino Gatagán.
2ª ed.
En los cielos de África y Asia una estrella brillante viene a turbar la paz de los magos y sacerdotes. Gaspar de Meroe, Baltasar y Melchior emprenden un largo viaje, siguiendo la cometa. Otro príncipe, Taor, que es como un cuarto Rey Mago, siente idéntica llamada. Este delicioso relato nos explica las causas por las cuales Taor llegó demasiado tarde al encuentro de Belén.

CV055. El tesoro del capitán Nemo
Paco Climent
PREMIO LAZARILLO 1985
128 págs. 18 ilustraciones de Ángel Esteban.
2ª ed.
En un viaje a Vigo, acompañado por su profesor Don Wenceslao, Pepe Varela se ve envuelto en una aventura en torno a unos tesoros hundidos en el estrecho de Rande.

NogueR

CV030. La tierra de nadie
Alfonso Martínez-Mena

PREMIO NACIONAL DE LITERATURA JUVENIL 1981 DEL MINISTERIO DE CULTURA

128 págs. 11 ilustraciones de Fuencisla del Amo. 4ª ed.

El desván de esta casa del pueblo es para unos niños la «tierra de nadie», donde descubren los cachivaches allí almacenados. A través de las narraciones de su abuelo, reviven el pasado de su familia. Pero el encanto y el misterio del desván se rompe un buen día porque...

CV046. La travesía
Rodolfo Guillermo Otero

ACCESIT AL PREMIO LAZARILLO

128 págs. 11 ilustraciones de Fuencisla del Amo. 3ª ed.

En la pampa argentina, unos niños, todos ellos hermanos, se encuentran desamparados tras el accidente que sufre su cochero al desbocarse los caballos. El providencial e inquietante encuentro con Nicanor les salva de morir de hambre y sed. Luego serán los niños que salvarán a Nicanor de grandes problemas.

CV032. Viernes o la vida salvaje
Michel Tournier

LIBRO DECLARADO DE INTERÉS JUVENIL POR EL MINISTERIO DE CULTURA

144 págs. 18 ilustraciones de Juan Ramón Alonso Díaz-Toledo. 4ª ed.

Robinson, después de salvar a Viernes de ser devorado por los caníbales, le somete a un arígida servidumbre. Viernes no comprende porqué Robinson ha organizado su isla con leyes y ceremonias a la europea y, por eso, decide gozar de la vida

CV019. Veva
Carmen Kurtz

PREMIO C.C.E.I. DE LITERATURA JUVENIL

122 págs. 14 ilustraciones de Odile Kurtz. 17ª ed.

Veva, obra maestra de nuestra gran escritora, bella como su título. Veva... Vida ... ¡Viva!... La lectura de este libro es magnífica para los niños, deliciosa para los adultos, emocionante para los abuelos.

Carmen Kurtz cuenta a través de la encantadora niña Veva,
—con humor y amor

CV026. Veva y el mar
Carmen Kurtz
22 Ilustraciones de Odile Kurtz. 7ª ed.

Los padres de Veva aprovechan las vacaciones para realizar un viaje de estudios y Veva se queda sola con Buela. La sorpresa llega cuando Buela recibe una carta de América enviada por su hermano, tío Juan, quien la invita en su casa de campo para veranear.

El libro respira un ambiente de vacaciones y la vida parece más fresca y nueva.

CV114. Y entonces llegó un perro
Meindert DeJong
144 págs. 26 ilustraciones de Maurice Zendak. 2ª ed.

PREMIO ANDERSEN
MEDALLA NEWBERY

A la gallinita se le congelaron los dedos en las heladas nocturnas del invierno. No puede andar, ni correr. El granjero se resiste a comérsela e idea remedios para ayudarla... y entonces llegó un perro solitario buscando un hogar y sentirse útil.

Metafóricamente, se plantea el tema del minusválido.